LE GARÇON QUI EN SAVAIT TROP

L’auteur

Hubert Ben Kemoun vit à Nantes. Il a écrit de nombreuses pièces de théâtre pour Radio France et des comédies musicales pour la scène.

Depuis une trentaine d’années il rédige des romans et des albums pour la jeunesse, pour les petits comme pour les beaucoup plus grands.

Traduit dans plusieurs langues, il sait que les livres pour les enfants ne sont pas destinés qu’aux enfants… (tout comme les fraises Tagada ne sont pas réservées aux seuls enfants).

Le roman « noir » demeure le continent sur lequel il accoste le plus volontiers à l’aide de son stylo…

73 boulevard de Sébastopol, 75002 Paris
Diffusion : Interforum

Réalisé avec le concours éditorial d’Arthur Ténor
Directeur éditorial : Jean-Paul Arif
Responsable éditoriale : Floria Guihéneuf
Éditrice : Dorine Borghino
Mise en page : Virginie Langlais
Correction : Anne-Sophie Bord
ISBN : 978-2-38167-145-1
Dépôt légal : avril 2023

Hubert Ben Kemoun

Le garçon qui en savait trop

ScriNeo

Pour Nicolas et Nathan.
HBK

1

Surnommée « L'écureuil » par des flopées d'élèves depuis l'apparition des rongeurs sur la terre, Mme Décreuil déposait devant chacun d'entre nous les devoirs de maths sur lesquels nous avions transpiré la semaine précédente. On aurait dit qu'elle nous distribuait une invitation pour sa prochaine fête d'anniversaire. On aurait dit seulement.

Quand j'ai découvert ma note, j'ai immédiatement su qu'il n'y aurait aucune perspective de fiesta pour moi à l'horizon.

À quelques tables, et à plusieurs années-lumière de mes talents de mathématicien raté, Samuel Letourneux a laissé échapper une grimace contrariée en récupérant sa copie. Ce garçon était un mystère pour moi. Avec son quinze sur vingt, je serais grimpé sur ma table, j'aurais poussé les hurlements de Tarzan, et fini par un double salto jusqu'au tableau pour embrasser la prof. Je dis ça, c'est une façon de parler.

Et pas seulement parce que pour le double salto, c'est mort pour moi. Oser pousser un cri ou me faire remarquer dans cette classe, ce sera dans une autre vie. Pas dans celle-ci.

Mes exploits m'avaient valu un six et demi, et Décreuil a fini ma crucifixion en enfonçant le clou :

— Et c'est vraiment très bien payé, Barnabé ! a-t-elle glissé, comme si, en me notant ainsi, elle m'avait offert mon cadeau de Noël un mois avant le sapin.

J'ai encaissé. Sur ma feuille, il y avait autant d'annotations rédigées avec son stylo rouge que de lignes avec le mien, bleu. Je n'avais aucun don pour les décimales, ainsi que pour les calculs volumétriques des parallélépipèdes rectangles et de ces cochonneries de tétraèdres. Quant aux équations à plusieurs inconnues, elles restaient étrangères à mon entendement.

Samuel Letourneux avait le don des maths. Déjà, en primaire, il avait intégré toutes les tables de multiplication, quand nous autres lambinions encore laborieusement sur celles de deux et de cinq. Ce mec était un scandale !

Des types comme lui, dotés de dons, j'en connaissais plein.

Fabio Guérande, par exemple. Un joli spécimen. Ce garçon avait le chic pour attirer les filles. J'ignorais comment il s'y prenait, mais elles étaient toujours une jolie brochette à s'agglutiner avec plaisir et gourmandise autour de ce bellâtre taillé par les disciples de Michel-Ange. Il n'y avait pas que lui. Ceux qui avaient le talent pour raconter des blagues et donnaient l'impression de les inventer au fur et à mesure, ou du moins de les sortir d'un tonneau sans fond, avec le ton, le bon rythme et sans se planter sur leurs chutes, possédaient un grand talent que j'admirais beaucoup ! Il y avait aussi ceux qui, sous les panneaux de basket, rataient rarement un lancer, ou ces autres qui, à force de travailler leurs gammes, étaient déjà des génies du clavier ou de l'archet. Pour eux, la *Méthode Rose* était un lointain souvenir. Ils avaient déjà attaqué George Gershwin ou Dave Brubeck, peaufinaient leurs quarts d'heure de gloire à chaque fête de fin d'année du bahut, et s'en préparaient de bien plus conséquents encore, pour plus tard. Certains de mes camarades, fiers de séances bihebdomadaires acharnées, parvenaient à faire passer leurs jeux de jambes et de tête pour les dons de futurs internationaux du football, et d'autres articulaient des alexandrins de Shakespeare comme s'ils avaient passé leurs dernières vacances d'été en sa compagnie.

Pas mon style ni mes domaines.

Tout simplement parce que je n'avais, en réalité, ni style ni domaine.

Pourtant, je mens : moi aussi, j'avais un don. Mais il ne me servait pas à grand-chose. Ni à remonter mes moyennes en classe, ni à marquer des buts ou des paniers, encore moins à attirer l'attention des filles.

*

Ce don, ce « machin » plutôt, m'était tombé dessus comme un gros rhume ou une chiure de moineau qui vous ruine la journée ou l'épaule, sans qu'on n'ait rien demandé à personne.

C'était un mardi, au réveil, il y a deux mois. Un matin d'automne semblable à tellement d'autres matins.

Je traînassais en caleçon et tee-shirt devant mon bol de céréales, ignorant les appels désespérés de ma mère qui, comme tous les jours, m'ordonnait de me remuer pour essayer d'arriver au collège moins en retard que d'habitude. Mon père venait de repartir pour une nouvelle mission en mer du Nord. Il bossait comme ingénieur pour une compagnie pétrolière, sur des plateformes de forage, dans un enfer de vent et de froid, entre l'Écosse et la Norvège. Six semaines durant, il abandonnait la maison, pour ne revenir en passer que deux ou trois avec maman, Clémentine – ma merveilleuse peste de sœur – et moi. Nous avions appris, tant bien que mal, à vivre malgré son absence, et à le redécouvrir par intervalles cochés sur le calendrier de la cuisine. Un côté femme de marin pour ma mère (elle semblait s'en acclimater parfaitement), une posture de fils de marin sans navire pour moi. Je veux dire que je m'en débrouillais aussi bien ou mal que mes camarades vivant dans une famille monoparentale. Quant à ma Clémentine, à six ans, tout en gérant le manque de son père, elle réussissait très bien à le faire culpabiliser à chacun de ses départs, et plus encore à le faire payer à chaque retour.

Ce mardi-là, comme d'habitude, maman tentait donc de m'activer et de me convaincre que le monde existait en dehors de ma chambre, de la salle de bains – où j'avais fini par me traîner – et de la cuisine – où s'était terminé mon laborieux atterrissage. Clémentine, en princesse, sautillait dans le couloir, habillée et plus ou moins coiffée, histoire de me montrer fièrement qu'elle était beaucoup plus en avance que moi sur l'organisation militaire du matin.

Le « phénomène », le « truc », le « machin » – je ne sais pas comment dire –, s'était passé sans que j'y comprenne grand-chose.

Par la fenêtre de la cuisine, d'un œil encore embrumé, j'observais le livreur garé devant les *Trois Marchands*, le café-brasserie du coin de la rue. Il chargeait les casiers de bouteilles vides et installait les casiers pleins sur son diable, puis recommençait avec les fûts de bière en aluminium. À ce moment-là, ce genre de chorégraphie me semblait la chose la plus passionnante qui soit. Un manège qui reléguait en deuxième division la course des minutes sur l'horloge du four et les appels désespérés de ma mère :

— Barny, dépêche-toi ! Tu ne n'arriveras jamais à l'heure ! Et moi non plus, par ta faute.

— Et moi, je ne veux pas être en retard ! avait balancé Clémentine, toujours alliée de la générale en chef depuis qu'elle avait saisi où se situait le pouvoir dans cette baraque.

Leurs invectives n'avaient eu aucun effet.

Le livreur dehors, qui faisait des allers et retours avec son diable chargé de ses fûts de bière, me fascinait et me berçait.

Je ne savais pas bien pourquoi, m'était tombée dessus l'idée, la certitude, la prémonition – j'ignore comment appeler ça – que ce type en salopette verte avait oublié de serrer le frein à main de son camion. À cet instant précis, j'avais vu le véhicule se mettre à avancer de quelques centimètres, descendre le trottoir, prendre un peu de vitesse pour traverser la rue, la place, avant de scalper le feu tricolore sur l'autre rive du carrefour, pour finir par défoncer le rideau de fer de la bijouterie encore fermée à cette heure-là.

— Barnyyyyy, tu m'entends ?

Non, je ne l'entendais pas.

— Barny, on va partir sans toi, s'était permise de menacer ma crevette de frangine. Tu vas devoir y aller en bus.

Du moins, je crois que Clémentine avait dit un truc de ce genre.

J'étais scotché, totalement perturbé par cet incident, somme toute insignifiant, qui n'avait fait aucun blessé.

J'avais d'abord pensé m'être trompé. J'avais tenté de me convaincre que l'événement avait eu lieu *avant* que je ne l'envisage. Mais je savais que c'était faux. Était-il possible que la seule force de ma pensée ait pu provoquer un accident ? Évidemment, non. Je n'avais pas cette prétention ! J'avais décidé que ce qu'il venait de se passer était tout simplement dû à un incroyable hasard. Derrière moi, j'avais entendu la porte de la maison claquer après avoir perçu – du moins, je crois :

— Tant pis pour toi, Barny. Tu te débrouilleras sans nous, j'en ai marre d'attendre !

Et une autre petite voix aiguisée comme une lame ajouter :

— Oui, c'est bien fait pour toi si tu te fais gronder à l'école.

J'avais abandonné le camion de livraison dans la rue, mon bol dans l'évier, et m'étais activé en direction de ma chambre.

Juste un incroyable hasard…

Moins d'une demi-heure plus tard, j'étais dans le bus 33. Alors que je me poussais pour laisser passer une dame, la quarantaine, aux cheveux courts peroxydés, qui visait l'un des seuls sièges restés libres, j'avais su avec certitude, juste en la regardant quelques secondes, qu'elle était montée sans carte de transport ni ticket. Pourtant, cette femme inconnue n'avait absolument pas l'allure d'une fraudeuse.

Ceux-là ont des coups d'œil giratoires pour guetter les contrôleurs et repérer si la voie est libre. Ils restent debout pour s'éloigner hors de leur portée, et gagner une issue en espérant descendre avant qu'on ne leur demande des comptes. Plus je fixais cette dame, plus je sentais qu'elle allait passer une très mauvaise journée.

Un arrêt plus loin, trois contrôleurs étaient montés pour vérifier nos titres de transport. Lorsque l'un d'eux, un grand homme noir taillé comme un quarterback et un peu engoncé dans son uniforme, était arrivé à la hauteur de la passagère, elle avait eu beau fouiller et refouiller dans son sac à main, elle n'y avait rien trouvé.

— Désolée, j'ai dû oublier mon portefeuille chez moi ! avait-elle fini par expliquer, contrariée, mais pas gênée pour deux euros.

S'étaient tournés vers elle quelques regards en coin amusés ou intéressés des autres voyageurs.

— Madame, vous êtes sûre d'avoir bien cherché ? avait demandé le type, très courtois.

— Bien sûr ! Non, mais, qu'est-ce que vous croyez ?

— Je vais être obligé de vous verbaliser ! avait prévenu le contrôleur imperturbable, mais encore très conciliant.

— Vous comprenez le français ? avait piqué la passagère. Je vous dis que…

— J'ai entendu et compris, madame, mais… Ne vous inquiétez pas, il vous suffira de vous rendre à nos bureaux dans les vingt-quatre heures avec votre justificatif d'abonnement, pour que l'amende soit immédiatement annulée.

— Une amende ? Vous plaisantez ? Je vous dis que je suis abonnée, j'ai une carte !

— Madame, c'est précisément celle-ci que je vous prie de me présenter.

— Vous êtes bouché comme un coing, espèce de guignol ! J'ai oublié mon…

— Je vous remercie de rester polie, avait lancé l'autre sans se départir de son calme.

— Polie ? Certainement pas avec un imbécile, étranger j'imagine facilement, et doté d'un quotient intellectuel de bulot qui ne comprend rien à ce que je tente de lui expliquer !

— Madame, je suis aussi français que vous et…

— C'est ça, oui… français de papiers ! Je vous dis, je vous répète, je vous jure que je suis abonnée !

Elle parlait fort pour attirer l'attention des voyageurs, espérant glaner leur appui, sinon leur aide.

— Madame…

— Il n'y a rien d'étonnant à ce qu'il vous manque une case.

— Vous voulez dire ? avait grimacé le contrôleur, toujours stoïque.

— Oh, je me comprends…

— Mais pas moi, voyez-vous. Que voulez-vous dire ? Je me permets d'insister.

— Et il se permet d'insister, l'animal…, avait ricané encore trop fort la passagère. Une case, ça devrait vous dire quelque chose, une case ! C'est bien de là que sortent les gens de votre espèce ?

L'allusion obscène et raciste avait fait plouf dans le bus. Les autres usagers s'étaient détournés de la scène avec mépris.

— Madame, je pense que nous n'allons pas en rester là !

Le contrôleur avait gardé son ton toujours aussi placide qui en imposait à tout le monde. Sauf à elle.

Mieux qu'une pâte qui gonfle, la colère de la passagère était montée, pour finir par exploser. Nucléaire. La femme s'était levée, hors d'elle, avait toisé son interlocuteur qui la dépassait de deux têtes, et qui, à présent, lui réclamait son adresse et son identité pour les noter sur un calepin dont il venait de se saisir. David contre Goliath, excepté que la force n'était pas chez le Goliath en uniforme, mais chez la David divagante qui avait tenté de lui décocher une baffe. Celle-ci aurait atteint son nez ou sa joue, s'il n'avait immédiatement bloqué sa main.

— Vous me faites mal, lâchez-moi ! avait-elle menti en beuglant toujours très fort, alors qu'il l'avait déjà lâchée. Je vais porter plainte.

Elle cherchait à présent, et faute de mieux, à lui envoyer des coups de pied dans les tibias.

Les deux autres contrôleurs avaient rappliqué pour aider leur collègue à faire descendre du bus cette femme, qui recommençait à balancer des coups de pied, de sac, et une belle flopée d'insultes à tout ce qui se trouvait à sa portée. Dès l'arrêt suivant, ils avaient atterri tous les quatre sur le trottoir pour, je suppose, attendre la police.

Ma prémonition ne m'avait pas trompé, cette furie allait passer une très mauvaise journée…

En moins d'une heure, je n'arrivais pas à croire que ces deux évènements étaient une coïncidence. Pourtant, je n'admettais toujours pas disposer d'un quelconque don de voyance ou de prémonition. Dans le bus, j'avais beau fixer en douce chaque passager, rien de nouveau ne me venait à l'esprit. Aucun signe de ce qu'il allait leur arriver dans quelques minutes ou dans quelques heures.

Arrivé au collège à peine en retard, j'avais fait pareil avec mes camarades et mes profs, en vain.

Toute la journée, en vain.

Je n'avais plus que cela en tête.

*

Le lendemain, au petit-déjeuner, j'avais guetté dans la rue, chez les passants et les clients de la brasserie des *Trois Marchands*, un signe semblable à celui du jour précédent, mais rien ne m'était apparu. Le « truc » de la veille semblait s'être évaporé. Pourtant, histoire de vérifier, dans l'après-midi, j'avais foncé au tabac-presse du quartier. J'étais resté là, en style hypnose, à fixer le panneau publicitaire annonçant le prochain tirage du loto, et les grilles vierges à cocher rangées dans un présentoir publicitaire devant la caisse. Avoir une vision sur les prochains chiffres du tirage de loto était d'une autre trempe que prévoir un frein à main oublié ou une voyageuse sans titre de transport. Du mieux que j'avais pu, je m'étais concentré sur ces fichus rectangles de papier à remplir. Je n'y croyais pas, mais ç'aurait été nul de ne pas essayer. Je n'avais rien distingué d'autre que ce qui était sous mes yeux.

— Et il veut quoi, le gamin ?

Trop concentré sur mes espoirs de jackpot, j'en avais complètement occulté la buraliste. Pourtant, elle en imposait. Arborant une poitrine généreuse et des yeux d'un bleu presque transparent, elle me regardait de derrière sa caisse.

J'avais sursauté et levé les yeux vers elle. Un instant, pas plus. Je les avais baissés de nouveau immédiatement vers ses présentoirs. J'avais eu le temps de savoir…

Pas les numéros du prochain tirage du loto, ni quel ticket gagnant se cachait dans ses étagères… Le soir même, elle allait faire une chute dans un escalier. Chez elle ? En descendant dans la réserve de sa boutique ? Je l'ignorais, mais son accident lui vaudrait une opération complexe du genou qui l'immobiliserait plusieurs mois.

— Alors, il veut quoi ? J'ai pas qu'ça à faire, moi…, avait insisté la dame, ce qui, étant donné l'absence de tout autre client, était évidemment faux.

— Un… un paquet de chewing-gum. À la menthe. Celui-là…, avais-je bredouillé en lui tendant n'importe quoi récupéré en vitesse dans l'un des bacs devant moi.

— Celui-là, c'est fruit de la passion.

— Oui ? Menthe… ou fruit de la passion… c'est très bien aussi, avais-je ajouté.

J'avais payé mon paquet de friandises et étais ressorti, sans être capable d'en dire plus.

La prévenir pour l'accident à venir ? Elle se serait moquée de moi ou l'aurait mal pris. Non seulement elle aurait pensé que je me mêlais de ce qui ne me regardait pas, mais ce genre d'aplomb ne me ressemblait pas.

En rentrant, je m'étais senti tellement paumé…

À quatorze ans, un garçon comme moi – plus banal, tu meurs – avait du mal à savoir quoi faire d'un « don » pareil.

J'avais décidé sur-le-champ que ces prémonitions n'avaient aucun sens, et m'étais résigné à l'idée que les deux événements du mardi matin, dans la rue et dans le bus, n'avaient été que deux petites comètes inexplicables et définitivement disparues. Pour la buraliste, je ne pouvais être sûr de rien, et rien ne me prouvait que je ne m'étais pas fait un film. Sans doute n'avais-je tout simplement aucun don, sinon celui d'une imagination trop développée. Ce « machin » était comme un grain de beauté qu'on se trimballe sur la joue, mais auquel on ne veut pas penser sans cesse. Aussi, du mieux que je pouvais, j'essayais d'oublier. Je l'avais fait d'autant plus facilement qu'aucune « vision » n'était venue de nouveau me tarauder les jours suivants.

Je mens. Bien entendu, je mens. J'avais continué à guetter ici ou là des signes dans les yeux de mes camarades, et tout particulièrement dans les pupilles émeraude de Mathilde Deveaufleury. Est-ce que je faisais partie de son avenir proche ? Est-ce qu'elle pensait à moi aussi souvent que je me minais la tête en songeant à elle ? Aucune luciole ne vint éclairer ma nuit. Ni au collège ni à la maison.

Trois jours plus tard, j'étais repassé devant le tabac-presse où j'avais acheté mes chewing-gums. Il était fermé, et une affichette collée sur la porte indiquait :

Fermé pour raison de santé.

Cette découverte ne m'aidait pas à répondre à toutes les questions qui s'accumulaient dans ma tête. Au contraire. En lisant ces cinq mots sur l'affichette, j'avais senti la sueur couler de mon cou à mon dos. Ce n'était pas la chaleur, parce que je peux jurer que ça caillait à mort, ce jour-là.

À mort. Ce n'est pas une façon de parler. À mort.

Je ne peux pas mieux dire, étant donné ce qu'il s'est passé ensuite…

Les deux premières secondes après le choc :

Dans mes jeux vidéo, le sang coule.
J'ai l'habitude, c'est même la règle.
Avec toutes les armes que m'offre *Vengeance Ultimate*,
j'ai déjà fait saigner et dézingué
des gangs de bandits sans limites,
des hordes de monstres,
et des cohortes de soldats ennemis.
Mais là, le sang, c'est du vrai !
Là, c'est pas sur l'écran, mais bien en face de moi !
Suis-je un assassin ?
En voyant tout ce sang sur mes fringues,
et surtout sur les siennes,
j'ai toutes les raisons de le penser.
Les jeux et les films mentent.
C'est dingue à quelle vitesse le sang pisse !
Je ne savais pas.

Il y a cette phrase : « Je vais te tuer,
et je t'aimerai après. »
Je ne sais plus qui avait prononcé ces mots.
Ce n'est vraiment pas le moment de chercher,
mais c'est cela que j'ai en tête.
Je suis un nul.
Oui, je crois que je suis un assassin et un nul.

2

Quelques autres jours passèrent, truffés de trop de cours, d'une tonne de devoirs, de pas mal d'ennui dans le froid glacial d'un mois de novembre qui lambinait à laisser sa place à décembre et à ses promesses de vacances festives. Plus aucune prémonition n'était venue m'encombrer.

Et puis, il y avait eu ce samedi.

De très mauvaise grâce, j'avais accepté d'accompagner ma mère et ma sœur pour la corvée des courses de la semaine.

Je fais partie de ces adolescents qui ont du mal à accepter que le remplissage des frigos et des placards de cuisine nécessite un passage par le calvaire des supermarchés, et très franchement, je me sens rarement concerné par ce genre de corvée.

Bref, après avoir traîné une heure dans le labyrinthe des rayons, nous étions enfin arrivés aux caisses. J'avais aidé à vider notre chariot sur le tapis roulant, puis du tapis à notre chariot. La caissière était une grande jeune femme brune, nommée Roseline. Un badge le précisait sur l'uniforme réglementaire du magasin. Je ne l'avais jamais vue auparavant, et n'avais eu qu'à la regarder quelques secondes pour savoir...

Ma vision avait été d'une précision et d'une intensité inouïes !

Je l'avais observée scanner les codes-barres de nos articles ; ma mère s'apprêtait à payer, et j'avais voulu vérifier si je ne me trompais pas. Après tout, qu'est-ce que je risquais ?

— Excusez-moi, madame. Vous n'avez pas participé au casting de *Star'in block*, sur la chaîne 32 ?

Roseline avait d'abord levé vers moi un regard surpris, avant de se décider à sourire. Instinctivement, elle avait recoiffé une mèche rebelle sur son front, sans lâcher la boîte de petits LU qui encombrait sa main.

— Euh... oui, j'ai été sélectionnée. Mais comment êtes-vous au courant, les émissions n'ont pas encore été diffusées à la télé ?

— J'ai... une prof du bahut qui a participé au même concours que vous. De ce qu'elle nous a raconté, je crois qu'elle vous a vue.

J'avais menti avec le plus d'aplomb possible. Les timides dans mon genre peuvent faire ça mieux que d'autres.

— Vous savez, nous étions assez nombreux. Je ne vois pas de qui vous parlez.

Un autre bocal. Haricots verts bio extra-fins.

— Mme Lavenin ! avais-je continué à broder. Elle a dit que vous les aviez drôlement impressionnés. Les autres candidats, ainsi que le jury.

— Ça s'est bien passé, je crois, s'était-elle contentée de répondre avec modestie en attrapant à deux mains le pack de six jus d'orange sans pulpe de la marque de l'enseigne.

— Je regarderai l'émission quand elle sera diffusée.

— Elle passe à la télé, la dame ? était intervenue Clémentine depuis son trône sur le chariot.

— Mais non, avait tenté d'expliquer maman. Paiement par carte bancaire, s'il vous plaît.

— Si, je la reconnais, c'est la dame de la météo ! avait décrété ma petite sœur, qui supportait mal de ne pas être concernée par tout ce qui l'entourait. Qu'est-ce qu'elle fait à la caisse ? Elle joue à la marchande ?

— C'est gentil, avait repris Roseline, en ignorant les certitudes physionomistes de Clémentine. Vous savez, je ne sais pas si je dépasserai la sélection, et même après, si c'est le cas, s'ils me garderont longtemps. C'est un jeu, mais un jeu très exigeant…

— Je vous souhaite d'aller au bout. Du moins, le plus loin possible, l'avais-je encouragée.

— Merci, ça me fait plaisir, avait fait la caissière, ravie de cet instant de reconnaissance au milieu de son marathon du samedi. Vous pouvez retirer votre carte bancaire, madame. Très bonne journée.

C'était revenu, et avec une clarté incroyable !

Je savais !

Et à ma façon, j'en savais beaucoup plus que cette Roseline sur son propre compte.

Elle allait recevoir la semaine suivante le coup de téléphone de la société de production qui lui annoncerait sa sélection définitive. Seulement, après un départ fulgurant dans l'émission, elle ne dépasserait pas les quarts de finale, à cause de son interprétation un peu molle de *Purple Rain* de Prince. Je savais tout cela alors que l'émission ne serait diffusée que dans deux mois.

— Elle est prof de quelle matière, cette Mme Lavenin ? s'était cru obligée de demander ma mère en démarrant sa Clio.

— Lavenin ? De français, mais je ne l'ai pas ! Elle donne surtout des cours aux sixièmes et aux cinquièmes. Il paraît que c'est une peau de vache, mais il raconte aussi qu'elle danse plutôt bien, comme quoi…

— Comme quoi, quoi ?

— Comme quoi, ce n'est pas parce qu'on remue bien son boule qu'on ne saque pas salement ses élèves.

— Son boule ? C'est quoi cette façon de parler, Barnabé ?

— Son popotin, si tu préfères.

— Mais tu as dit à la caissière que c'était l'une de tes profs, et là, tu me dis que…

— Laisse tomber, m'man. J'ai résumé. J'allais pas lui donner les mensurations de cette prof.

— Parce que tu connais les mensurations de tes profs ? Tu m'étonnes, mon chéri…

J'avais abdiqué. Ma mère, Sandra Barbès, avait oublié d'être sourde.

— On aurait dû lui demander le temps qu'il allait faire demain ! était intervenue princesse Clémentine, sanglée sur son rehausseur.

Elle avait eu la délicatesse de ne pas réclamer la définition de « mensuration ».

— Tu m'aideras à ranger les courses, Barny ? avait repris maman en sortant du parking.

— Moi aussi, je t'aiderai, s'était agitée l'héritière derrière nous.

— Bien sûr, ma chérie.

Non seulement le don était revenu, mais je découvrais qu'il me permettait de me plonger dans un avenir dépassant largement les minutes et les heures à venir.

L'ennui, c'est que je n'en étais absolument pas le maître.

Je ne pouvais plus faire semblant. Ce don était là, tapi quelque part en moi, fixé comme un virus. C'était lui qui décidait, autonome et selon des humeurs dont j'ignorais le rythme et la raison, quand il décocherait ses prochaines flèches.

*

— Barny, dépêche-toi, tu vas encore être en retard. Et moi aussi, si tu ne libères pas cette salle de bains ! Barny !

Maman vociférait ce genre de refrain tous les matins. Je passais dorénavant un temps fou à fixer ma tête dans les trois miroirs de l'armoire de toilette, bien plus qu'à me savonner ou à me brosser les dents. Narcisse face à son image. Glaner quelques infos au sujet de mon avenir immédiat ou lointain me semblait plus précieux que de construire moi-même cet avenir. Ces séances de contemplation ne réussissaient qu'à m'hypnotiser, car aucun signe prémonitoire n'apparaissait jamais pour m'aider à connaître mon futur.

Un don nul !

À tout prendre, pouvoir se rendre invisible ou traverser les murs, voilà des pouvoirs précieux qui m'auraient rendu exceptionnel ! Ou alors, posséder un don de télépathie. Ça, j'aurais adoré. Savoir lire ce que les autres pensaient aurait valu de l'or. Mais découvrir l'avenir d'inconnus étrangers à ma vie, à quoi bon ? À quoi pouvait me servir d'apprendre avant lui que Fabien Devanne, élève de 4e B auquel je n'avais jamais adressé le moindre mot, passerait ses deux réveillons de Noël et du jour de l'An au lit, avec une gastro carabinée dont la moitié des membres de sa famille profiterait allègrement ? À rien ! Que le chauffeur de mon bus 33 trompait sa femme avec Natacha Goupil, la responsable des achats de l'atelier de réparation des transports du sud de la ville, et que le mari de celle-ci, quand il découvrirait l'affaire, irait casser la figure à son rival à la station Bellier pendant son service ? Strictement à rien ! Que Sammy, un ancien élève de troisième – une baraque qui gravitait devant le bahut avec ses deux potes, pour fournir en herbe planante les collégiens qui avaient de quoi payer leur décollage – allait se faire serrer par les flics le vendredi suivant ? Qu'est-ce que cela pouvait me faire ? Rien ! Que la coiffeuse du salon de la rue des Caroubes trouverait l'amour de sa vie sur un site de rencontres d'ici une semaine, et que ce passant – oui, cet inconnu qui traversait la place de la République avec ses écouteurs vissés aux oreilles – ferait une mauvaise chute trois semaines plus tard, lors d'une descente à ski aux Deux Alpes, pendant ses vacances ? Toutes ces visions ne servaient qu'à me donner l'illusion d'un pouvoir que je ne possédais pas.

Ce n'était pas que le futur des autres ne m'intéressait pas, mais un garçon comme moi, pas populaire pour deux balles, n'avait rien à gagner à connaître le prénom du futur chéri de la coiffeuse, la couleur de la combinaison du skieur de la place de la République, et ce que représentaient les dessins imprimés sur le pyjama de Fabien Devanne.

Alors que je n'avais rien demandé à personne, mon « machin » ressemblait chaque jour à un fardeau de plus en plus lourd. Car depuis début décembre et l'épisode à la caisse de Roseline, mes flashs s'étaient mis à s'emballer au rythme de deux ou trois par jour, et parfois avec des détails déconcertants de précision. Tout cela m'exaspérait et, je dois bien le dire, m'angoissait de plus en plus.

3

— Barny ? C'est toi ?

Qui voulait-elle que ce soit ?

J'ai balancé mon sac de cours dans l'entrée et pris le temps de délacer mes pompes. Respirer et faire un peu le vide avant de passer le sas de la maison. Mon six et demi en maths ne m'avait pas vraiment étonné, il ne faisait que plomber un peu plus mon humeur de ce soir.

— Vite, mon chéri ! On a un Skype avec ton père. Viens l'embrasser.

Maman a recommencé à m'appeler depuis la table basse du salon, où elle s'installait le plus souvent pour ce genre d'échange. Du couloir, j'entendais Clémentine qui détaillait sa journée de classe, le menu du repas de la cantine, ses exploits personnels en récréation, et ceux – plus remarquables encore – des deux vedettes de sa classe, Théodore et Léon, punis quotidiennement par les maîtresses.

Deux garnements retors qui horrifiaient ma sœur autant qu'ils la subjuguaient.

Quand mon père était en mission en mer du Nord sur ses plateformes, ses rendez-vous d'amoureux avec ma mère n'étaient que virtuels, et pas toujours des plus audibles. La qualité du réseau et de la transmission s'encombrait rarement des sentiments ou des besoins de contact.

— C'est bien, ma puce. C'est très bien !

De sa voix nasillarde, papa essayait de soutenir le récit sans ponctuation de Clémentine et, sans doute, d'en interrompre la litanie. Son image, zébrée de parasites, le rendait encore plus lointain.

Mon père était virtuel.

— Attends, j'ai pas fini, papa…

Je suis resté appuyé au chambranle de la porte du salon pour observer l'écran, dont la tête de ma frangine cachait tout le côté droit. Malgré la médiocre qualité de l'image, on devinait la paroi de sa cabine. Sa cellule, plutôt. Les murs en acier avaient été laqués d'un jaune pisseux qui datait. Les multiples couches de peinture s'écaillaient aux angles et la rouille, sûre de sa victoire, rongeait çà et là, inéluctablement. On distinguait aussi un bout de lit mal fait. Je connaissais le décor que papa nous avait déjà montré en balayant son royaume de huit mètres carrés à l'aide de son écran. Un coin toilette de la taille de son lavabo lave-mains ; en guise de bureau, une tablette à peine plus grande, encombrée de dossiers et de quelques bouquins, qui faisait aussi office de table de nuit. Une chaise en acier et un coin penderie serti dans l'une des cloisons. Et puis, il y avait ces deux photos scotchées en face de sa tête de lit. Celle de Clémentine et moi posant sur la plage à Batz-sur-Mer, l'été dernier, et cet autre cliché de ma mère souriant à l'objectif avec tout l'amour dont elle était capable. Virtuel et emprisonné dans une cellule aux barreaux parasites, il vivait là de trop nombreuses semaines par trimestre, et tenait le coup grâce à ces deux rectangles de papier glacé collés dans son univers aussi spartiate. Skype et les appels devaient aussi l'aider à supporter cette situation. Je veux dire, plus que le salaire et la passion qu'il portait à son travail.

Papa a fini par m'apercevoir dans le fond de son écran.

— Barny ? Eh oh, Barny, tu es rentré ? J'avais peur d'appeler trop tôt ! Bonsoir, mon grand.

— … et alors Théodore, il a dit à la maîtresse qu'il s'en fichait parce que ce qu'il veut faire plus tard, c'est gangster ! Et la maîtresse, tu sais ce qu'elle a dit ? Que pour savoir exactement combien d'argent il volerait, il fallait quand même qu'il sache bien compter les billets. C'est ça qu'elle a dit, la maîtresse. Et que pour pas trop s'ennuyer quand il serait enfermé dans sa prison, il valait mieux qu'il sache bien lire. Je t'assure que c'est la vérité vraie, que c'est ça qu'elle a dit.

— Ta maîtresse a bien raison, ma chérie. Alors, Barny, tu viens parler au premier homme de ta vie ?

Papa aimait bien se définir ainsi. Une sorte de blague à deux coups. Du moins, au début. D'abord, l'effet de surprise ; ensuite, après une rapide évaluation, la compréhension de la plaisanterie. Dans sa bouche, maman était évidemment la première femme de ma vie, aimait-il me répéter, en ajoutant chaque fois, l'air goguenard : « Mais ne t'inquiète pas, mon garçon, il y en aura plein d'autres… »

— Salut, papa, ça va comme tu veux ?

— Moins de vent et de neige ne serait pas de refus. Mais ça va toujours mieux quand je vous vois tous les trois.

Ne pas dire que ce serait mieux à quatre et sans écran. Ne pas lui pointer un peu plus son absence alors qu'il se retrouve perdu, loin de tout dans sa cellule de moine, au milieu d'un désert de vagues glacées et de tempêtes hurlantes.

— Et tu l'as vu ? est intervenue Clémentine.

Sa Majesté devait considérer que le premier homme de sa vie ne lui avait pas encore accordé assez d'attention.

— Tu as quel temps exactement sur ton radeau d'acier ?

— Ça dépend, Barny.

— Alors, tu l'as vu ?

— Ça dépend de quoi ?

— Du thermomètre… Il annonce moins trois degrés ce soir. Mais en réalité, pour ce qui est de la température ressentie avec ce vent qui descend de l'Arctique et qui nous cogne à quatre-vingt-dix kilomètres-heure, on plonge facile aux alentours des moins vingt, si ce n'est pas pire.

— Oui, je comprends. Et tu arrives…

— Tu me le dis, papa ? Dis, tu me le dis, si tu l'as vu ? m'a encore coupé Clémentine.

— Et tu arrives quand ? ai-je réussi à placer.

— J'espère être à la maison le 23 décembre. Normalement, je serai là pour le réveillon.

— Comment ça, *normalement* ? s'est esclaffée ma mère. Ce n'est pas sûr ?

— Ne t'énerve pas, Sandra, j'allais t'en parler. Actuellement, il y a une grève. Les pilotes d'hélicoptères ont commencé un mouvement très déterminé. Et les plus vindicatifs sont justement ceux qui font les navettes entre Aberdeen ou Dundee et notre site de forage. J'espère que ce sera fini à temps, parce qu'ici, comme il n'y a pas de relève depuis quatre jours, on bosse en flux tendu, et nos plages de repos sont inexistantes.

— Et tu nous annonces ça comme ça, Pierre ? Tu te fiches de moi ? De moi et de tes enfants ? On compte tous sur toi, pour Noël !

Ma mère venait de changer de ton. Elle n'allait pas tarder à passer du désarroi à la colère.

— Sandra, je me vois mal rentrer à la nage…, a tenté d'ironiser papa. Mais ne t'inquiète pas, ma chérie, il y aura toujours des solutions.

— Papaaaa, tu me le dis si tu l'as vu ?

Totalement sourde à l'annonce de l'absence éventuelle de son père devant un plat de cailles farcies et une bûche glacée à la crème de marrons, Clémentine n'abandonnait pas. Clémentine n'abandonnait jamais.

— Il y a toujours des plans B, Sandra. Tu t'inquiètes pour moi ou pour le saumon fumé d'Écosse que je dois rapporter ? a de nouveau essayé de plaisanter papa.

Au milieu de son isolement, je pense qu'il n'avait pas vraiment besoin d'une scène de reproches. Son humour, pas toujours des plus fins, était souvent une sorte de blindage de survie.

Mauvaise pioche, sa blague sur le saumon. Très mauvaise pioche. Malgré la piètre qualité de l'image et de la connexion, il a senti à quel point son trait d'humour venait de se noyer dans les eaux glacées qui battaient sa plateforme.

— Tu te fous de moi, Pierre ? Dis-moi, est-ce que tu te fous de moi ? a-t-elle explosé. On parle de Noël, là ! De tes parents et des miens ! De ta sœur et de leurs enfants. D'au moins quinze invités ! Et nous étions d'accord.

— Tant qu'on n'est pas treize à table…

Mon père était nul en blagues. J'ai attrapé ma petite sœur d'autorité dans mes bras, et je l'ai extirpée des genoux de maman pour m'éloigner avec elle vers la cuisine. Inutile d'avoir un don de prémonition pour sentir que les choses se chargeaient en fiel.

— Pierre !

— Je plaisantais, ma chérie, tu le sais bien, ai-je entendu grésiller mon père dans mon dos.

— J'en ai assez que tu prennes tout à la plaisanterie !

— Viens, ma princesse, on va se faire un super goûter, ai-je ordonné à Clémentine, qui se trémoussait pour s'extraire de mes serres de kidnappeur.

— Mais attends, Barnabé. Papa m'a pas dit s'il l'avait vu…

— Qui ça ? De quoi tu parles ?

— Le Père Noël. Est-ce qu'il l'a vu ?

Pour ma fabuleuse sœur, les choses étaient simples et claires. Là où son père travaillait, il faisait froid, il neigeait, on approchait de Noël… Le grand héros de sa vie avait toutes les raisons de croiser son autre héros, dans le froid du Grand Nord.

— Réfléchis, Clémentine, c'est sûr et certain qu'il l'a croisé. C'est tellement sûr qu'il n'a pas jugé bon de te le dire, ai-je expliqué en la déposant devant un bol qui n'attendait plus que son avalanche de céréales au chocolat.

À son sourire radieux, j'ai su qu'elle aimait ma réponse.

Au salon, la dispute, déjà force 10, gonflait entre mon père et ma mère.

— J'en étais sûre de sûre ! a déclaré Clémentine en tendant son bol vers moi et la boîte de corn-flakes.

On aurait dit qu'elle me présentait un calice entre ses petites mains de reine.

— J'en veux très beaucoup, j'ai faim !

En serviteur dévoué, j'ai versé mon obole de pépites d'or dans son bol breton gravé à son prénom.

— Pourquoi elle s'énerve comme ça maman ? a-t-elle fini par demander après sa première cuillerée.

— Parce que papa n'est pas certain de pouvoir rentrer pour Noël. Il y a un problème avec les hélicoptères, et…

— Ça, j'ai compris, je suis pas sourde. Mais pourquoi elle s'énerve ?

— Elle a peur qu'il ne soit pas là, je te dis. T'écoutes pas quand je te parle, Clémentine !

— Bien sûr qu'il sera là. J'en suis sûre de sûre !

— Ah oui ? Tu sais des choses que les autres ignorent, toi ? T'es super forte ! ai-je ricané.

— C'est un secret !

Tristement, j'ai songé que moi aussi, j'avais un secret, et que je ne pouvais le confier à personne, même pas à une merveille comme ma frangine. Moi aussi, je savais des choses que les autres ignoraient encore.

— T'es plus maligne que tout le monde, Mandarine, me suis-je contenté de répéter en me servant en céréales à mon tour.

— Clémentine ! C'est un secret, mais je veux bien te le dire si tu jures de jurer que tu le diras à personne de personne.

Son sceptre souverain en forme de cuillère était pointé vers moi pour me faire comprendre que c'était du lourd de chez lourd.

— Je jure de jure, ai-je répondu, sérieux et conscient de l'importance de ma promesse.

— Moi, je sais que le Père Noël, il sera d'accord pour prendre papa dans son traîneau.

— Ah oui ? Et comment tu sais ça, mademoiselle ?

— Parce que je l'ai demandé sur ma liste de cadeaux, que papa soit là. Mais tu le dis pas, t'as juré de jurer. Même maman elle l'a pas lue, ma lettre. Elle a regardé les photos de la liste de mes cadeaux, mais elle l'a pas lue. Elle l'a juste postée.

Logique. Les deux premiers hommes de sa vie – sur ce coup-là, je ne valais pas plus cher que sa première couche-culotte – réunis pour la servir, l'aimer et la gâter. La démonstration était imparable.

Aucune prémonition ne m'était venue en regardant papa à l'écran, et il était impossible de savoir s'il réussirait à nous rejoindre pour les fêtes. À cet instant, j'ai terriblement, profondément jalousé la confiance que ma petite sœur avait en la vie, dans le monde et dans les choses qui la parsemaient. Un vrai don. Les secrets de Clémentine étaient d'une bien plus belle trempe que le mien.

Et leurs conséquences bien moins catastrophiques que ce qu'il m'attendait…

Troisième et quatrième secondes après le choc :

Voilà, c'est ça, ça m'est revenu !
La phrase : « Je vais te tuer, et je t'aimerai après. »,
c'était dans *Othello* !
Maman m'avait emmené voir
cette pièce de Shakespeare au théâtre
il y a un peu plus d'un an.
Papa était resté avec Clémentine à la maison.
C'était pendant l'une de ses périodes
de retour chez nous.
J'y étais allé à reculons, comme un imbécile,
et la pièce m'avait totalement bouleversé.
Othello, cet idiot de général maure,
allait poignarder Desdémone,
sa femme qu'il adorait.
Il la soupçonnait de l'avoir trompé.
À tort. Totalement à tort.
Ils avaient tout pour être heureux et
il avait tout fait foirer.
Avant d'enfoncer la lame,

cet idiot d'Othello disait à sa Desdémone :
« Je vais te tuer, et je t'aimerai après. »
Quel naze, ce type !
Confusion sur toute la ligne.
Moi aussi, j'ai brandi la lame et l'ai enfoncée !
Elle est là, à mes pieds, en sang.
Je suis aussi naze que lui !

4

Je devenais fou !

Je n'exagère pas.

Je déprimais gravement, en accord parfait avec le temps qui virait au glacial funeste. Et impossible de m'en ouvrir à quiconque, personne ne s'intéressait à mon petit trognon de figurant.

Je pensais que pour vivre et tenir le coup, un handicapé ne devait pas penser perpétuellement à son problème et devait savoir le zapper. De temps à autre, il lui fallait oublier son moignon, son fauteuil ou ses béquilles. Alors, mes *crises* – comment appeler cela autrement ? –, je m'efforçais de les ignorer ; mais plus j'essayais de les négliger, plus elles me minaient. Je me répétais que ce problème était ridicule au regard d'une main ou d'une jambe en moins. Je me persuadais que « mon truc » n'était rien de plus grave ou de plus gênant que ces petites poussées d'urticaire qui tracassaient parfois les bras et les jambes de Clémentine, et sur lesquelles maman faisait délicatement pénétrer une pommade grasse tout en lui fredonnant des chansons ou en lui racontant des histoires. Mes satanées visions prémonitoires m'étaient tombées dessus voilà quelques semaines ; elles disparaîtraient aussi brutalement qu'elles étaient venues. Seulement, me manquaient sérieusement la pommade, les chansons et les histoires pour m'apaiser…

Je restais Barnabé Barbès, un mec timide qui passait trop de temps à s'excuser d'exister, et qui détenait des secrets qu'il ne pouvait partager avec personne.

Ignorer mes crises…

Tu parles, Charles… Je n'étais pas un timide, mais un pleutre !

Ne pas prendre le volant pour ne pas avoir d'accident, ne pas se déclarer à Mathilde Deveaufleury pour ne pas risquer de se prendre un râteau, fermer les yeux pour pouvoir affirmer sans rougir qu'on n'a rien vu, monsieur l'agent, je vous assure. Ni rien entendu. Que dalle !

Je ressemblais à ces premiers jours glacés de décembre, alors que l'automne paraissait avoir abdiqué son trône à l'hiver, avant la fin de son mandat. Souverain, le froid régnait déjà sous un dais plombé et donnait l'impression que la lumière avait déserté nos univers.

Ces journées étaient tristes, en deuil, tant ce froid nous engourdissait. Au-dessus de nos têtes encapuchonnées, un ciel laiteux, voilé, demeurait étal, pareil à une mer figée, sans marée et sans vagues. Un linceul sale. Y aurait-il une fin à cette petite mort ? On arrivait à en douter.

Mais si je ne disais rien, je voyais. Malgré moi.

Cet élève de cinquième, dont j'ignorais l'existence voilà dix minutes encore, allait, dans quinze jours, faire un tabac au piano lors du gala de Noël de son école de musique. Un véritable triomphe qui représenterait un tournant essentiel dans sa vie et lui ouvrirait des portes inespérées.

M'en moquer.

Bruno Tesson, l'un des pions qui surveillaient l'entrée du bahut et nos carnets de liaison avec la suspicion d'un flic… Le surlendemain, il se ferait casser les dents par trois loubards ivres croisés à cent mètres d'une boîte de nuit dont il sortirait très tard, sur le quai Hichour du port de commerce.

Qu'est-ce que j'avais à faire des endroits où allait draguer ce pion, de son arrêt de travail, de son portable et de ses papiers volés, ainsi que des soins d'orthodontie qui lui seraient indispensables pour retrouver une mâchoire vaguement humaine ?

Et Sabrina, la nouvelle employée de la boulangerie *La Flûte enchantée* de la rue Mozart, où je m'arrêtais acheter la baguette tradition pour chez nous… Samedi soir prochain, à peine aurait-elle enfourné le parmentier de canard préparé pour ses invités, qu'elle ferait sauter les plombs de son four et de tout l'appartement. Il serait impossible de réparer cette cochonnerie d'appareil… Le dîner se passerait autour de pizzas commandées en désespoir de cause, et cette soirée deviendrait, pour Sabrina et ses hôtes, un moment merveilleux d'une poésie totale… Je savais ça, et alors ?

La liste de mes visions pourrait être bien plus longue, mais en quoi aurais-je besoin de m'arrêter sur des anecdotes aussi insignifiantes ?

En rien. Parce que je n'étais rien. Un garçon aussi insignifiant que moi ne pouvait-il donc disposer que d'un don aussi insignifiant ? Ce devait être dans la logique des choses.

*

J'ai passé plusieurs jours ainsi, sans trop desserrer les dents, sinon pour répondre aux profs quand leur venait l'idée saugrenue de m'interroger. Pour pouffer, ou faire semblant de pouffer, aux blagues des élèves agglutinés dans les couloirs ou assis à la même table que moi au self du bahut – quand, du moins, on m'y laissait une place. Pour écouter ce qu'ils racontaient au sujet d'une grosse soirée qui se préparait pour bientôt – et à laquelle, bien entendu, personne n'envisageait de m'inviter. Pour écouter aussi ce qu'ils avaient à dire des musiques qu'ils téléchargeaient sur leurs bécanes, ou des films qu'ils regardaient en douce le soir dans leurs chambres.

Tenter de ressembler aux autres. Les imiter pour me fondre dans la masse, j'avais toujours parfaitement su faire ça.

Et puis, il y a eu ce repas de vendredi, au self. Un jour qui comptait aussi peu que tous les autres et terminait une semaine longue comme un tunnel sous les Alpes, et où le pavé de saumon servi avec un riz trop cuit avait du mal à passer.

Mes voisins de table étaient dans le genre bavard :

— … Et la nana, elle est pas seule, il y a Brad Pitt qui joue dedans… La meuf, elle attire Hitler et tous les chefs nazis dans un cinéma, à Paris, pour la première d'un film sur un héros. Un soldat du Troisième Reich.

— Ah ouais, je l'ai vu ce film… Un Tarantino. C'est quoi déjà, le titre ?

— *Inglourious Basterds.* Tais-toi, Ludo, c'est moi qui raconte !

— Alors, continue ! Vas-y, je t'écoute Arthur.

Le copain des deux autres était un petit roux frisé au visage constellé d'une galaxie de taches couleur miel qui lui donnaient un air poupon.

— Alors, la fille, elle réussit à faire exploser le cinéma… tu verrais la scène de l'incendie, et elle les tue tous !

— Ouais, pas mal…

— Tous ! Hitler et les autres, les chefs nazis ! Bon, dans l'explosion et l'incendie, elle aussi, elle meurt, mais…

— Très bon film, a approuvé Ludo. Punaise, il est dégueulasse ce saumon !

— Non, mais ce qui est dingue, c'est qu'elle et ses complices, du coup, avec leur attentat, la fille et son partenaire, ils arrêtent net la guerre. T'imagines, l'effet sur l'histoire du monde ? Fin de la Seconde Guerre mondiale. Pas besoin du débarquement des Alliés en Normandie, libération des camps de concentration un an et demi plus tôt, capitalisation de l'Allemagne nazie…

— « Capitulation » de l'Allemagne !

— La ferme, Ludo !

— Bref, pas de bombardements ni de partage de Berlin et de l'Allemagne entre les Américains et les Russes… C'est même pas envisageable, tout ce que ça provoque… En gros, c'est ça, « l'uchronie ». Tu modifies un petit truc dans le passé, et tu changes tout un tas de machins dans le futur. Comme un putain d'effet domino.

— Ouais, enfin la mort d'Hitler, c'est pas juste un petit truc !

— T'es chiant à la fin, Ludo ! C'était une façon de dire.

— J'suis pas chiant, je m'intéresse. Si quelqu'un veut mon saumon, je l'échange contre une mousse au chocolat. Ça te tente, Ethan ?

— Dans tes rêves, Ludo ! a ricané le rouquin. Si je ne mange pas ma mousse au chocolat, je serai malheureux tout l'après-midi, et du coup, ça pourra me faire louper mon contrôle d'anglais… et plomber ma moyenne. Alors, mes parents me pourriront Noël, et même le début de l'année prochaine. Je me mettrai à déprimer fin décembre et en janvier, et à force d'être mal, je ferai des crises d'asthme la nuit, je louperai des semaines de bahut parce que je devrai faire des séjours à l'hosto, je décrocherai total, et évidemment, je redoublerai mon année – logique ! Mais comme j'aurai trop décroché, je n'arriverai même pas à passer le brevet, et plus tard encore moins le bac, tellement j'y croirai plus du tout. Nouvelles tentatives, encore manquées. Je m'embarquerai en apprentissage, mais ça ne marchera pas mieux, la machine sera plombée. Je pointerai au chômage sans rien sur mon CV, je finirai SDF, et je mourrai de froid sur le banc d'un Abribus ou dans le sas d'un distributeur de billets, un soir de décembre. Tu vois que j'ai pigé ce que c'est que l'uchronie ! Alors, si tu touches à ma mousse au chocolat, c'est clair : tu meurs !

Ils ont continué à délirer ensemble, mais je n'écoutais plus.

Les entendre a été pour moi comme une révélation. Arthur et ses deux copains s'étaient installés à ma table uniquement parce que trois places y étaient libres. Ils m'avaient à peine adressé un regard, mais en les entendant, je me suis rendu compte que j'avais peut-être pris les choses à l'envers.

Glisser à l'oreille de Roseline, la caissière du supermarché, que pour passer une étape supplémentaire de son jeu télévisé, il fallait impérativement qu'elle travaille davantage son interprétation de *Purple Rain*, changerait-il son résultat et son destin dans la compétition ? Je l'ignorais, mais ça pouvait se tenter. Envoyer un message anonyme au chauffeur du bus 33 pour le prévenir : « Faites gaffe, le mari de votre maîtresse est au courant… » lui donnerait-il une chance de ne pas se faire casser la figure par son rival ? À voir.

Je pensais détenir un don inutile sur des inconnus dont je n'avais rien à faire ; je découvrais subitement que je possédais peut-être le pouvoir de devenir le marionnettiste de leur destin.

Il fallait que je le vérifie…

Je n'ai pas retenu grand-chose du cours de géo. Je crois que la prof a parlé des puissances émergentes et du commerce mondial, des migrations des populations réfugiées climatiques, des… je ne sais plus, je n'avais qu'une seule chose en tête : moi, Barnabé Barbès, le rien du tout ou le pas grand-chose, je pouvais émerger.

Pareil pour l'heure de français, le prof avait écrit au tableau :

LA VILLE, UN TERRITOIRE
DE TOUS LES POUVOIRS.

Et je ne lisais qu'une chose :

MA VILLE, LE TERRITOIRE
DE TOUS MES POUVOIRS.

Je devais vérifier mon hypothèse et choisir ma cible. Moi qui, quelques heures auparavant, cherchais encore à gommer mes visions, je me suis mis à guetter chacun de mes camarades pour espérer glaner le déclenchement d'une prémonition. Rien ne m'est venu ce vendredi après-midi.

Qu'importe, j'avais ce qu'il fallait…

C'était risqué, absolument pas dans mon style, mais il fallait absolument que je sache…

*

La sonnerie de fin de cours a retenti, et le prof a à peine eu le temps de finir sa phrase. Je dis ça, mais j'ignore sur quoi elle portait. Mon esprit voguait ailleurs. Une demi-heure plus tôt, quelqu'un avait crié en plein cours « Hé, super, il neige ! » et provoqué une joyeuse euphorie chez mes camarades. Ils se sont tous bousculés, plus fort et plus vite que d'habitude, pour marquer le début du week-end et assister au spectacle offert dehors.

J'ai suivi le mouvement, mais si je me suis dépêché, mes raisons n'avaient rien de météorologiques. J'ai atteint l'arrêt de bus parmi les premiers élèves. Collants et épais, tombant déjà en abondance, les flocons avaient commencé leur mission de tapisseurs de voitures et de branches des magnolias du boulevard.

Faire gaffe à ne pas se ramasser par terre, histoire d'être crédible. La posture que je comptais tenir ne supportait pas que je passe pour un comique. Ne pas se passionner plus que nécessaire pour les petits malins qui profitaient de la neige pour dessiner de gros sexes sur les pare-brise des voitures garées devant le bahut. Rester imperturbable.

Sammy attendait sous l'Abribus, ses deux complices à proximité, sur le trottoir. Comme tous les vendredis après-midi, à l'heure de la sortie. Il tenait là une sorte de food truck discret, pas pour manger, mais pour la dope. Il était emmitouflé dans son épaisse doudoune grise, et son casque pendait au bout de sa poigne gantée. C'est dans la doublure de celui-ci, dans une alvéole creusée discrètement dans le rembourrage en mousse, qu'il planquait la marchandise. Il la revendait aux élèves clients qui avaient pris soin de passer leurs petites commandes de shit au préalable sur un portable à carte prépayée, qu'il changeait chaque semaine. Les deux autres, vigiles aux aguets ou gros bras en soutien, restaient juchés sur leurs scooters, prêts à déguerpir à toute vitesse ou à cogner, en cas de besoin.

J'ai hésité.

Brusquement, je n'étais plus sûr de moi. Après tout, qu'est-ce que j'en avais à fiche d'aider ce dealer et ses complices ? Strictement rien ! Si je le faisais, ce n'était que pour moi.

J'ai inspiré un grand coup, rabattu ma capuche, puis me suis approché pour me poster devant lui, à moins d'un mètre. À un coup de casque, aussi.

— Tu veux quoi ? a-t-il grimacé, aussi surpris que méprisant en plantant son regard bleu dans mes yeux.

Je ne faisais pas partie de sa clientèle d'épicier ambulant. Il avait gardé les écouteurs qui lui servaient de bouchons dans les oreilles, et j'imagine que c'est la raison pour laquelle il parlait trop fort. Ou alors, il cherchait juste à en imposer.

J'ai tenté de calmer ma trouille avant de répondre.

— Te dire que tu ne devrais pas… Aujourd'hui, tu ne devrais pas…

— De quoi tu parles, Charlot ?

Un petit nuage sortait de sa bouche, comme s'il avait tiré sur une cigarette électronique, mais son rictus n'était pas dû au froid. Il a tout de même interrompu la musique qui passait dans ses oreilles.

— Ne te retourne pas, je veux te…

— Tu cherches les problèmes, à mon avis ! a fait cet imbécile en se retournant immédiatement pour balayer le boulevard du regard.

— Je cherche juste à te prévenir. Mais t'aurais mieux fait de ne pas te retourner. Tant pis. Je t'explique, et tu fais ce que tu veux. La 205 blanche, à cent mètres, légèrement sur ta droite, c'est une bagnole banalisée de flics.

Quelque chose d'à peine perceptible a changé dans sa façon de me regarder, mais la menace d'un coup de poing n'a pas complètement disparu pour autant.

— Ils sont là pour vous serrer, et à mon avis, ils comptent vous choper en flagrant délit. Enfin, surtout toi, pour mieux te pourrir. Évite d'ouvrir ta boutique ce soir, mec.

Le trouble que je venais de provoquer s'est accentué, mais Sammy, qui me dépassait en taille et en corpulence, ne pouvait pas abdiquer aussi facilement.

— Et tu sais ça comment, bouffon ? a-t-il demandé d'un ton légèrement moins assuré.

— D'abord, moi, c'est Barny. Ensuite, j'étais dans les locaux des flics mercredi dernier, l'après-midi, ai-je commencé à mentir.

— Ah ouais ? Et pourquoi ?

— Ça, vois-tu, c'est pas ton affaire !

L'aplomb sec de ma réponse est passé pour une caution. C'est dingue comme j'apprenais à bourrer le mou aux gens à la vitesse supersonique.

Un flocon plus gros que les autres venait de se coller sur la pointe de son nez, puis un autre, solidaire. Il ne les a pas chassés immédiatement. Visiblement, je l'intéressais.

— Et alors ?

— L'un des trois types, celui assis à côté du chauffeur dans la bagnole, je l'ai vu mercredi dans les bureaux et les couloirs. J'y attendais que ma mère vienne me chercher. C'est un keuf. Je l'ai parfaitement entendu parler d'un trafic devant le bahut, et des trois mecs qui s'en chargeaient et de leurs deux scooters. Je ne l'ai pas entendu prononcer ton nom, mais je parie mon forfait internet qu'il en sait plus que moi sur ta pomme.

— Qu'est-ce qui me prouve que tu n'es pas en train de me balader ?

— Rien, strictement rien, Sammy. Mais t'as échappé à une saloperie comme le coronavirus, ça serait con pour toi de te retrouver confiné en cellule ou en garde à vue pour un petit faux pas de débutant, surtout quand on t'a prévenu.

— Comment tu connais mon blase ?

— C'est pas parce que tu restes à l'extérieur de ce bahut que t'es pas une célébrité à l'intérieur, Sammy.

Tu peux croire que t'es super discret avec ton petit business depuis deux mois, mais tu te plantes. Et puis, si j'étais une balance, je serais à la fenêtre de la 205 pour te désigner au type et à ses deux collègues, et certainement pas ici à me les geler et à te parler. Ou mieux, tiens, je serais allé me poster peinard sur le trottoir en face pour filmer ton arrestation et celle de tes deux coursiers, histoire de faire le buzz sur la toile.

— Admettons. Et… ?

— Et rien, je t'ai juste prévenu. C'est pas le bon jour pour toi, c'est tout ! Maintenant, je me casse, parce que là, à mon avis, je suis en train de basculer du côté de tes clients ou de tes complices. Et comme je ne compte pas faire une descente tout *schuss* vers le commissariat une nouvelle fois, salut !

— Mais…

— Y a pas de « mais » qui tienne, je t'ai juste prévenu. C'est pas le bon jour et peut-être plus la bonne place pour ton trafic ; ils t'ont dans leur ligne de mire, et pas qu'un peu. Maintenant, t'es grand, alors tu fais comme tu veux. Salut, Sammy !

Je me suis éloigné de quelques pas, tranquille, en me fondant au milieu de la masse d'élèves qui guettaient les bus.

Il pouvait encore m'assommer avec son casque.

Je l'ai observé dans le reflet d'une des vitres de l'Abribus. Un garçon s'approchait de lui et, d'une mimique énervée, Sammy lui a intimé l'ordre de s'éloigner.

— Aujourd'hui, j'ai rien pour toi, mec. Les flics nous ont dans le viseur, casse-toi ! a-t-il lancé en lui tournant le dos.

Il a pioché discrètement quelque chose dans son casque, et j'ai reconnu les sachets d'aluminium dans lesquels il cachait ses barrettes de shit. Il s'est baissé pour ramasser un tas de neige dans sa main et a confectionné, comme beaucoup d'autres sur le trottoir, une grosse boule dans laquelle il a fait disparaître sa marchandise.

— Hé, mec… Barny !

Je me suis retourné vers lui.

Avec un grand sourire, très joueur, Sammy m'a visé, mais je suis sûr qu'il a fait exprès de balancer sa boule de neige trop haut et trop sur ma gauche. Le projectile a atterri derrière moi, de l'autre côté de la grille du collège, pour exploser sur la pelouse immaculée. Les flocons qui continuaient à tomber dru se sont vite chargés de recouvrir les sachets planqués dans sa boule de neige. Il viendrait sans doute les récupérer plus tard, quand la voie serait libre.

J'ai attendu, l'air de rien, toujours à distance. Pas longtemps.

Sentant sans doute que pour le flagrant délit, c'était mort, les trois flics ont décidé de la jouer préventive. Ils sont arrivés à peine deux ou trois minutes plus tard. Histoire de bien faire comprendre qu'ils n'étaient pas là pour sculpter un bonhomme de neige, ils avaient pris soin d'enfiler leurs brassards orange « police » sur les avant-bras de leurs parkas. Consciencieux, ils ont immédiatement exigé les clés des deux scooters et les cartes d'identité des trois dealers avant de commencer à les fouiller.

Adossé à la grille du collège, je suis resté à une bonne dizaine de mètres, peinard, parmi d'autres curieux. Derrière moi, sur la pelouse, les sachets de Sammy étaient dorénavant invisibles. Beaucoup plus curieux et moins peinards que mes voisins et moi, un groupe d'une douzaine d'élèves s'était agglutiné autour de l'arrêt, de Sammy et de ses complices. Arrivée de je ne sais où, une boule de neige a explosé sur le dos de l'un des trois policiers, et sans doute parce que ce dernier n'a pas réagi, une pluie de projectiles leur est aussitôt tombée dessus, sous les cris joyeux de collégiens solidaires, d'autant moins pressés de rentrer chez eux que les bus étaient en retard. Ceux qui ne bombardaient pas l'arrêt de bus avaient déjà dégainé leurs portables pour filmer la scène. On a les scoops qu'on peut et les victoires qu'on parvient à se fabriquer. En essayant de rester imperturbables, deux flics ont terminé leur fouille, alors que le troisième tentait, du mieux qu'il pouvait, de calmer les invectives des spectateurs. Trempés, mais méticuleux, ses deux collègues n'ont pas oublié de sonder l'intérieur des casques et des gants des trois garçons.

J'ai parfaitement perçu le coup d'œil discret et satisfait que Sammy a lancé dans ma direction lorsque l'officier lui a rendu son casque vide.

Malgré les vociférations de protestation du public acquis à la cause de Sammy et sa bande, les flics ont verbalisé ses deux potes pour défaut d'assurance de leurs engins. Ils ont noté leurs noms et leurs adresses sur leur téléphone de service, et leur ont promis qu'ils se retrouveraient très bientôt. Ensuite, ils ont annoncé au groupe d'élèves, sur un ton beaucoup plus autoritaire, que « la fête était finie ».

— Maintenant, si certains d'entre vous veulent absolument passer la soirée au commissariat en attendant que papa et maman rappliquent…

Le policier a dégainé le talkie-walkie noir de sa ceinture, histoire de bien faire comprendre qu'il comptait rameuter des collègues et des cars de ramassage, et pas des scolaires.

— Ouais, et ce ne sera pas une *pyjama party*, a tenu à préciser l'autre flic.

Sans doute l'habitude de répéter les ordres.

— Allez, on se disperse vite fait, ou on commence à ramasser les copies.

La menace des flics a pesé assez lourd. Le périmètre de l'arrêt de bus s'est vidé, et chacun s'est éloigné, d'autant que Sammy et les deux scooters venaient de mettre les voiles. Je me suis coulé dans le troupeau qui s'éloignait vers la ville sans demander mon reste.

J'avais ma réponse.

5

Je suis rentré d'un pas pressé, sans vraiment percevoir le froid qui enveloppait la ville et la neige que le vent rabattait sur moi par gifles violentes.

J'avais donc ce pouvoir-là ?

Sammy n'avait pas été embarqué par les flics comme cela m'était apparu dans ma prémonition. Dans celle-ci, j'avais pourtant parfaitement vu les trois flics sortir de leur voiture, fondre sur le trio de dealers, les menotter après avoir fait appel à un fourgon de renfort, qui arrivait toutes sirènes hurlantes quelques minutes plus tard pour les embarquer. Il avait suffi de prévenir Sammy pour changer son destin. Au moins pour ce soir. Je me fichais totalement de cette petite frappe et de ses trafics, mais j'avais réellement modifié le cours des choses pour lui !

Cette découverte vertigineuse me dépassait, et je n'arrivais pas à en mesurer la puissance exacte.

Mon portable, que j'avais rallumé en sortant de cours, a sonné alors que j'allongeais le pas sur cette banquise glissante. Ne pas courir dans la neige, comme sur les bords des piscines... Machinalement, j'ai puisé mon appareil dans ma poche. Mais je fais partie de la nouvelle génération qui, d'instinct, préfère sauver son téléphone que son équilibre. J'ai volé en arrière dans un looping aussi disgracieux que celui d'un tricheur cherchant à obtenir le penalty devant le but.

Je suis resté là, sonné, allongé sur mon tatami de poudreuse, le temps de ressusciter et de me souvenir d'où et de qui j'étais.

J'ai vu passer mon bus sur le boulevard. Avec tout ça, j'avais oublié de le prendre. Le 33, en traçant son sillon dans la neige boueuse de la chaussée, s'est éloigné vers les quais du fleuve, mais j'ai eu le temps d'apercevoir le chauffeur. Attentif au volant, derrière ses essuie-glaces qui peinaient à chasser les flocons épais, il avait jeté un coup d'œil rapide vers la droite, et en direction du jeune crétin inconnu tombé par terre qui se relevait. Ce n'était pas le chauffeur que j'avais vu dans mes prémonitions et qui allait se faire casser la figure par son rival.

J'ai écouté le message de maman. Inquiète de cette tempête de neige, elle voulait savoir si elle devait venir me chercher. Après m'être relevé, j'ai répondu d'un texto sec :

Ça va, je rentre en bus. Y en a.
À toute !

J'ai continué vers République et son arrêt. Je grelottais dans mes vêtements trempés. La neige déjà victorieuse redoublait d'intensité. Le soir tombant, le thermomètre venait d'effectuer un plongeon digne du mien. Je regrettais amèrement d'être parti en retard ce matin, comme souvent, et à toute vitesse, comme toujours. Je n'avais pas de gants, ni les pompes ou les chaussettes qu'il fallait. J'avais beau sautiller sur place, je n'arrivais pas à me réchauffer. Je me suis retrouvé parmi une bonne quinzaine d'autres usagers, se serrant comme ils pouvaient sous un Abribus trop petit, à guetter l'extrémité du boulevard, où un nouveau 33 tardait à se pointer pour nous sauver de la congélation.

Sans doute à cause du froid, j'ai pensé à mon père sur sa plateforme glacée, qui espérait voir arriver l'hélicoptère qui le ramènerait ici pour lui permettre de passer Noël avec nous, et lui éviterait les colères nucléaires de sa femme. Puis, mes visions ont été foudroyantes. Elles visaient une bonne moitié des naufragés de l'arrêt du bus. Un vrai feu d'artifice.

Ce jeune homme en costume de premier de la classe, coiffé d'un bonnet qui collait mal avec le reste de sa tenue, avait eu un rendez-vous d'embauche cet après-midi. Il allait être rappelé lundi pour intégrer la société informatique dans laquelle il s'était présenté. Cette femme, la soixantaine, qui portait, en plus de son gros cabas de course, toute la fatigue du monde et une chapka en fausse fourrure un peu défraîchie, détenait dans son sac le ticket d'un jeu qu'elle avait acheté ce soir en sortant du travail. Un ticket gagnant qu'elle n'avait pas encore vérifié. Pas le gros lot ou la super cagnotte, mais elle allait toucher une somme suffisamment substantielle pour s'offrir le voyage au Japon dont elle avait toujours rêvé. Et cette autre femme, plus jeune, à la crinière constellée de flocons, qui pianotait allègrement sur son portable, ferait la semaine prochaine un test de grossesse qui se révélerait positif. Enfin positif… avec son compagnon, ils essayaient depuis deux ans. Il y avait aussi cette autre dame, une grande rousse frisée, qui travaillait dans les bureaux à la caisse de retraite, et qui s'était emmitouflée, style igloo, dans sa grande étole bleue. Elle retrouverait dans dix jours, au bar d'un TGV pour Paris, sa meilleure amie d'enfance qu'elle avait totalement perdue de vue depuis le collège. Ces retrouvailles allaient donner un tournant prodigieux à leur vie. Dans deux mois, elles décideraient de s'installer ensemble. Et cette autre femme, l'air si las, allait oublier son téléphone sur la table de la taverne demain soir, samedi, où elle irait dîner avec deux amies après un ciné sur le port. Cet oubli provoquerait une série de quiproquos avec son compagnon maladivement jaloux, et se solderait par leur séparation définitive.

Les prévenir ? Leur donner des indices ? Leur distiller des pistes ? Hors de question. Tous m'auraient pris pour un fou et m'auraient éjecté immédiatement de notre abri dérisoire.

Mon bus est arrivé avec un gros retard sur l'horaire prévu. J'ai tout de suite remarqué que c'était « mon » chauffeur qui le conduisait, quand je suis monté par l'avant.

J'étais fatigué, enrhumé, frigorifié.

Et à lui, allais-je oser lui éviter le règlement de compte qui lui tomberait dessus dans quelques jours et l'enverrait à l'hosto ? Et l'autre, le mari de sa maîtresse, lui épargnerais-je le passage devant un juge au tribunal pour coups et blessures ?

De quoi je me mêlais ? Sammy me suffisait amplement pour aujourd'hui.

Le côté justicier sauveur du monde, ce n'était pas mon style.

D'ailleurs, c'était quoi, mon style ?

Fiévreux, trempé, épuisé et la goutte au nez. Pour l'instant. Je dis bien, pour l'instant.

*

Le nez enfoui dans son doudou bleu délavé – un rectangle de laine qui avait été turquoise, et qui aurait pu tenir debout tant il était sale et rêche –, Clémentine trônait assise au fond d'un des fauteuils du salon. En face d'elle, la télé était éteinte, malgré les dessins animés qui passaient à cette heure et qu'elle adorait. L'écarlate de ses prunelles trahissait des sanglots récents.

— Qu'est-ce qu'il se passe ? j'ai demandé en époussetant la neige agglutinée dans mes cheveux.

Sa majesté Clémentine n'a pas jugé bon de me répondre. Elle a haussé les épaules en fourrant un coin de son machin immonde dans sa bouche. Visiblement, seul son doudou puant méritait son attention et son affection. J'ai obliqué vers la cuisine.

— C'est fou ce que ça caille !

Affairée à charger le linge dans la machine à laver, maman ne m'a adressé qu'un furtif regard. Triste et dépité.

— C'est bien comme mot, « bonsoir ». Personnellement, j'aime assez « bonjour » aussi, ça peut le faire comme mot délicat. Tu sais, ce qu'on appelle les mots magiques.

— Oui, bonsoir, maman. Je suis désolé, je devais lancer la machine ce matin et j'ai complètement zappé.

— J'ai remarqué, Barny. Tu veux bien me préparer un café, s'il te plaît ? J'en ai grand besoin.

— Qu'est-ce qu'il lui arrive ? ai-je demandé en désignant la porte qui donnait sur le couloir, le salon, Clémentine, ses larmes, son trône et son rectangle pestilentiel que l'on n'avait jamais le droit de laver.

— Elle est punie !

Trois mots plus secs que le linge, et qui semblaient ne mériter aucune justification.

J'ai placé une dosette dans la machine et l'ai lancée.

— Je crois que j'ai attrapé la crève. J'ai super mal au crâne, ai-je commencé à geindre en piochant un yaourt dans le frigo et en me saisissant de la brique de jus d'orange pour boire au goulot.

— Il me semble vaguement, très vaguement, me souvenir d'une vieille femme folle qui, ce matin, t'a demandé dix fois de mettre une écharpe plus chaude, des gants et un bonnet. Il me semble… Ça aussi, tu as dû le zapper…

— Je sais, m'man. Mais ni vieille ni folle. En même temps, je dis ça, ce n'est que mon avis. Ils disent quoi, ton gériatre et ton psychiatre ?

Elle s'est redressée, mais n'a pas relevé ma boutade.

— Il me semble aussi qu'on a inventé les verres, pour boire... Il me semble...

— Ça va, c'est bon...

— Et il me semble que le café, c'est mieux quand ça coule dans quelque chose !

Bien plus efficace que moi, elle a bondi à travers la cuisine pour se précipiter vers la cafetière et positionner une tasse sous le bec verseur, qui commençait à goutter sur le socle et à éclabousser le plan de travail.

— Désolé, j'ai pas fait gaffe...

Maman s'est assise en face de moi et a soupiré profondément. Son moral avait l'air de tutoyer les ténèbres.

— C'est sûr, vous ne réfléchissez qu'après avoir agi, ta sœur et toi. Ça zappe beaucoup, dans cette maison. Tu me fatigues, Barny, et Clémentine aussi. Je vous aime, mais vous me fatiguez ! Et moi, je n'ai pas le droit de vous zapper...

— Y a intérêt ! Nous zapper ? N'importe quoi ! En faisant des mômes, tu savais bien que t'en avais pris pour des années !

Elle s'est figée, deux tee-shirts de ma sœur pendouillant dans sa main droite. Elle paraissait évaluer toute la valeur de la condamnation que je venais d'énoncer.

— Enfin, pas à perpétuité, mais je veux dire pour un petit moment, ai-je rectifié dans un effort de clémence.

L'air triste, coincée, elle a repris ses va-et-vient entre la panière à linge sale et le ventre de la machine.

— Une longue peine, quoi…, a-t-elle marmonné en saisissant la bouteille de lessive.

— C'est bon, m'man, je me suis excusé. Maintenant, tu m'expliques pour Clémentine ?

Elle a hésité, pris soin de lancer le cycle de lavage et de se redresser avant de me répondre. D'un ton las, elle a soupiré :

— Ta petite sœur a arraché une touffe de cheveux grosse comme sa main de la tête de Théodore, a-t-elle commencé à expliquer.

— Ah oui, quand même ! Il lui avait fait quoi pour qu'elle le scalpe ? La vache ! Une touffe ? Ça fait beaucoup !

— Je t'assure, j'ai vu le gamin en allant la chercher à l'école. Je ne te dis pas la tête de sa maîtresse. Et pire encore, celle de la mère de Théodore. Une clairière au sommet de son crâne. Tu vois la tonsure du moine sur la boîte de camembert ?

— Il avait essayé de l'embrasser de force ? Un truc comme ça ?

Maman s'est tournée vers la porte donnant sur le couloir et a baissé le ton pour chuchoter. Visiblement, ce qu'elle avait à m'annoncer, c'était du lourd.

— À la récréation, cet après-midi, Théodore s'est permis d'émettre des doutes, de très sérieux doutes, au sujet de l'existence du Père Noël... Clémentine n'a pas supporté.

— Grave, très grave, ai-je fait en grimaçant et en chuchotant à mon tour. Il ne pouvait pas imaginer qu'il jouait sa vie, le Théodore.

— Et en plus, ça te fait rire ? Si tu savais comme j'en ai marre. Je suis épuisée, Barnabé.

— Mais non, je ne ris pas. Seulement, à mon avis, pour Clémentine, cette histoire de Père Noël ne durera plus des années..., ai-je dit pour tenter de la rassurer.

Elle ne paraissait pas m'écouter.

— Et le plus grave, c'est qu'après l'avoir grondée dans la voiture, je lui ai demandé si elle avait bien compris la leçon.

— Et alors ?

— Cette petite peste m'a promis de promis que oui, elle avait tout bien compris. Elle a juré de jurer qu'elle ne lui arracherait plus les cheveux dorénavant...

— Ben, c'est plutôt rassurant, non ?

— ... Mais qu'elle l'étoufferait en l'obligeant à manger de la neige. Et que s'il n'y avait pas de neige, ce seraient des cailloux ! J'en ai marre !

— Ah oui, quand même !

— Alors, pour l'histoire du Père Noël et du temps que cela durera, il est bien malin celui qui peut prévoir l'avenir ou lire dans le futur. J'adorerais ça, je crois. Cela m'aiderait. Pour ta sœur, pour le retour de votre père qui prend tout à la rigolade, pour tant de choses… Moi, je n'ai pas ce pouvoir. Mais si ta sœur est comme ça à six ans, pour l'avenir, on n'est pas sortis du sable ! a-t-elle dégluti tristement.

— Clémentine est maladivement accro au Père Noël. C'est tout, m'man.

— Et quand ce ne sera plus le Père Noël, ce sera autre chose, quelqu'un d'autre. J'en ai vraiment ras-le-bol, a-t-elle répété en terminant son café et en fermant les yeux, comme si le seul territoire où elle pouvait se réfugier résidait dans ces quelques gorgées amères d'arabica.

Moi aussi, j'ai dégluti. Comment aurait-elle pu imaginer à quel point cette phrase sur le pouvoir d'un « lecteur d'avenir » avait fait mouche sur son fils, même fiévreux, ce soir ?

Cinquième et sixième secondes après le choc :

J'étais venu ici pour gagner un paradis,
et en un rien de temps,
je viens de me condamner à l'enfer.
C'est pour ça, la phrase :
« Je vais te tuer, et je t'aimerai après. »
C'est pour ça que j'ai songé à *Othello.*
Y a pas plus tarte comme phrase !
Même pas un alexandrin.
À la mort de Desdémone,
quand le rideau s'est baissé,
maman pleurait en douce
sur le siège à côté de moi.
En douce, sans doute par crainte
que je me moque d'elle.
Franchement, il n'y avait pas de quoi…
Moi aussi je pleurais. En douce aussi.
Shakespeare, pour écrire les drames,
c'est un cador de chez cador.
Personne ne peut nier ça.

Moi, j'ai fabriqué le mien, de drame,
et je ne suis un cador en rien.
Maintenant, pour pleurer,
c'est sûr, elle va pleurer, maman.
Et longtemps, et pas en douce.
Et pas seulement elle.

6

Le dimanche après-midi m'a toujours semblé être le moment le plus gluant qui existe. La semaine n'est pas totalement morte, mais poisseuse, quasi malade. Plongée dans une convalescence qui s'étire, s'étire…

Lors du grand confinement mondial, j'avais eu l'impression de vivre un interminable dimanche après-midi, et je n'étais pas le seul. Papa avait pu rentrer en vitesse d'une de ses missions au large du Nigéria, et nous étions tous les quatre réunis à nous morfondre, à nous aimer, à nous soutenir, à nous supporter, à nous découvrir aussi. L'insulte « Sale Pangolin » – et c'était la plus polie – était devenue plus virale que le virus lui-même. À force de l'entendre partout et sans cesse, ma Clémentine savait écrire et lire « coronavirus » avant même d'avoir appris à lire et à écrire son nom et son prénom. Le temps s'écoulait sans aspérités. On devait s'interroger quelques instants avant de pouvoir affirmer quel jour nous étions. Les seuls détails qui signalaient l'avancée des jours étaient les dates de péremption sur les pots de crème dessert et de yaourts qui se succédaient dans le frigo, au fur et à mesure des retours des virées au supermarché que papa et maman faisaient en alternance. La mort planait, et nous n'avions pas moyen de la voir approcher. C'est peut-être à cause de cette épreuve particulière que je nourris un dégoût si puissant pour les dimanches après-midi. Ce long tunnel était truffé de parties de tout ce que le placard du couloir contenait de jeux de société – Uno, Labyrinthe, Monopoly, Toc, Scrabble… –, bourré de trop de films et de séries qui finissaient par se confondre dans mon esprit, saupoudré de trop de livres dont je ralentissais la lecture pour que sonnent et durent plus longtemps leurs intrigues. Mais cette période était aussi pleine des énervements de chacun.

J'étais sorti de cette galère les paumes couvertes de plaques d'eczéma – sans doute à cause des trop nombreux savonnages quotidiens, de l'angoisse de mourir ou de voir mourir les miens, ou des deux –, mais surtout, et ça, ce n'était pas négociable, avec le désir impérieux que plus jamais n'existent ces éternités d'ennui.

Ce week-end-là a été de cette trempe gluante. Au milieu de ma fièvre, je me suis demandé si je n'étais pas une espèce de « dimanche après-midi ». Un *no life* sans saveur et sans intérêt, comme me désignent certains élèves du bahut.

J'ai été malade une partie de la nuit du vendredi.

Le toubib de SOS Médecins, que maman s'est décidée à appeler le samedi à mon réveil, n'est arrivé qu'en début d'après-midi. J'avais déjà eu le temps de vomir plusieurs fois (je ne sais pas bien quoi, d'ailleurs, je n'avais rien avalé la veille), dans la bassine posée au pied de la banquette du salon, où j'attendais l'extrême-onction ou la résurrection. C'était un jeune homme, à peine plus de la trentaine, qui a diagnostiqué une grosse bronchite sans réelle gravité, et même pas contagieuse. Il a exigé un régime à base de riz, de soupe et de jus de citron chaud, et prescrit de quoi faire tomber la fièvre. Il a recommandé beaucoup de repos, ce qui, selon lui, tombait bien, puisque c'était le week-end. Quel nul ! En gros, cela signifiait ne rien avaler et m'ennuyer un peu plus que d'habitude.

Malgré son retard et son regard sincère, j'ai commencé par maudire cet incapable de docteur. Dans la toundra de sa barbe de trois jours, deux fossettes dessinaient, à chacun de ses sourires, deux guillemets que je trouvais suspects. « Pas grave », répétait-il alors qu'une fournaise embrasait toujours mon crâne. Incapable et tricheur ! Séducteur et escroc !

J'allais mourir, et ce type tentait d'emberlificoter ma mère, qui l'écoutait avec une confiance de grenouille de bénitier.

Il portait des chaussures noires en cuir. Difficile de ne pas les remarquer. Elles étaient attachées par des lacets orange qui n'étaient certainement pas d'origine.

J'ai osé le lui faire remarquer à la fin de son examen, en lui demandant de ma voix d'outre-tombe s'il était daltonien.

— Tu vois que tu n'es pas autant à l'article de la mort que tu le crois, Barnabé ! a-t-il ricané en jetant un regard amusé vers ses pompes. J'ai cassé les deux lacets ce matin, et je n'avais que ceux-là en réserve dans mes tiroirs. Des lacets pour tennis. Mais en fin de compte, je trouve ça plutôt *méga flashy*...

Ne pas lui expliquer que plus personne n'utilisait *méga flashy* dans son vocabulaire, si tant est qu'un jour préhistorique, quelqu'un ait pu dire ça.

En revanche, j'ai osé :

— Docteur, pour ce soir, changez quand même de lacets, ou mieux, de chaussures. Elle n'aimera pas cette faute de goût. Ça ne lui plaira pas du tout.

Son ricanement s'est étouffé net dans sa gorge.

Derrière lui, dans les bras de maman, Clémentine s'agitait, style couleuvre épileptique, pour s'échapper et inspecter de plus près les fameuses pompes du visiteur. Lui, me regardait sans comprendre. Il venait de refermer son gros cartable d'intervention et s'apprêtait à voguer vers d'autres malades, mais il a hésité. Qui sait, la grosse erreur médicale pointait peut-être ?

Je pouvais difficilement lui avouer que je venais d'avoir une nouvelle vision, et qu'elle le concernait, avec une précision que ma fièvre ne troublait en rien. Ce soir, au terme de sa dernière garde, il dînerait avec Caroline, la responsable de la plateforme d'appel qui répartissait les circuits de tous les toubibs de garde dans l'agglomération. Il devait passer la prendre après sa dernière consultation, sans faire de détour par chez lui pour se changer. Pas de problème, Caroline avait expliqué qu'elle non plus ne repasserait pas chez elle après avoir refilé le standard à sa collègue de nuit.

Ravie et tout excitée de cette invitation, la jeune femme déchanterait vite en trouvant aussi déplacé que grotesque le contraste entre les chaussures du docteur Bruno Gachet et leurs lacets. Caroline était une femme qui n'avait pas souvent écouté les conseils de ses parents, mais au moins, avait-elle retenu celui de sa mère, première vendeuse dans un magasin *Manfield* et petite-fille de bottier : « Ma chérie, les gens, ne les juge pas qu'à leurs têtes, à leurs sourires ou à leurs compliments. Ça triche facilement, un sourire ; ça se fabrique, un compliment. N'oublie jamais de regarder leurs pieds. Leurs chaussures ne mentent jamais et en racontent beaucoup sur leur hygiène et leur caractère. Sur leurs intentions aussi. »

Dans ma vision, avant même qu'on ait servi les entrées, Caroline aurait rangé son compagnon de table dans la catégorie des hommes négligés, inattentifs et beaucoup trop loufoques. Rien à voir avec ce qu'elle envisageait pour une relation sérieuse avec un homme, fût-il un excellent et très séduisant médecin. Libre de surcroît.

La veille, avec Sammy le dealer, j'avais pour la première fois osé trahir le secret d'une de mes visions. Là, sans réfléchir, je venais de recommencer. Mais le risque n'était pas le même. Tout le bahut, ou presque, connaissait Sammy ou soupçonnait ses trafics. Lui annoncer qu'il s'exposait à se faire choper par la police n'avait rien d'exceptionnel. Cela pouvait passer pour un simple avertissement, et l'arrivée des flics comme une véritable coïncidence. Mais le docteur Bruno Gachet était le seul – avec Caroline – à savoir pour le dîner programmé à vingt et une heures. Je venais de me dévoiler de façon irréfléchie et risquée. Heureusement, mon état de santé pouvait justifier mon comportement.

En changeant totalement de tête, le toubib a reposé son cartable et s'est penché de nouveau sur moi, plus inquiet. Il a saisi mon pouls encore une fois, puis son stéthoscope, m'a encore ausculté, a jaugé mes réflexes et sondé mes pupilles. N'ayant rien constaté de particulier, il s'est tourné vers ma mère et a répété en guise d'au revoir :

— Si sa fièvre ne baisse pas d'ici cette nuit, vous doublerez la dose des gélules demain matin. À mon avis, il devrait être d'attaque pour retourner au collège lundi matin. Si ce n'est pas le cas, n'hésitez pas à nous rappeler.

— C'est vrai qu'ils sont rigolos, tes lacets de chaussures, a lancé Clémentine, qui avait enfin réussi à s'extraire des étaux maternels. Je veux bien les mêmes, mais en vert. Tu sais si ça existe ?

Le docteur ne le savait pas.

Un dimanche lisse et vide durant lequel maman a eu un nouvel appel sur Skype avec mon père. Cette fois-ci, elle l'a pris dans sa chambre, peut-être parce que je squattais le salon, sans doute parce qu'elle avait des comptes à régler avec lui. Du peu que j'ai compris, la grève des pilotes d'hélicoptères écossais s'enlisait, mais papa ne semblait pas perdre l'espoir de rejoindre la terre ferme à temps pour enfourner la dinde et préparer son fameux foie gras.

Un dimanche avec pour seules aspérités les gémissements désespérés de Clémentine, beaucoup plus en forme que vendredi soir, après son attentat capillaire sur Théodore. Elle a passé son temps à tourner en rond, sans comprendre et sans accepter que son frère, son serviteur attitré, ne puisse l'accompagner dans le jardin pour l'aider à sculpter le bonhomme de neige de ses rêves. Pour elle, me voir avachi et vasouilleux sous un gros châle sur la banquette du salon était un affront. Une trahison de lèse-Clémentine. Pour ma petite sœur, les choses n'étaient pas blanches ou noires, malades ou bien portantes, mais normales ou anormales. C'était à la fois plus simple et tellement plus subtil. Normal qu'à l'approche de Noël, la neige, qui ne tombait jamais ici au bord de notre estuaire, recouvre toute la ville. Normal que papa monte en stop sur le traîneau du Père Noël pour venir l'embrasser au pied du sapin. Normal d'atomiser ce pauvre Théodore quand il manquait de respect à l'un de ses héros suprêmes. Anormal de ne pas avoir le droit d'arriver à l'école dans la panoplie de sorcière reçue à son dernier anniversaire, et donc anormal que son grand frère – héros de troisième division – ne puisse aller pelleter dehors pour lui rendre service.

Ce dimanche, j'enviais le côté binaire et tranché de ma lumineuse frangine.

Que je sache que Caroline risquait de ne pas concrétiser avec Bruno à cause de ses lacets de remplacement, était-ce normal ou anormal ?

Un dimanche trop désertique et trop blanc, sans saveur, sans projet, mais sans fièvre. Une nuit sans rêves et complète avait réussi à la faire disparaître. Les médocs aussi, sans doute.

Le lundi matin m'a vu reprendre le chemin du bahut. Au moins, là-dessus, le médecin n'avait pas fait d'erreur.

Un dimanche si paisible au regard de ce qui m'attendait.

Septième et huitième secondes après le choc :

Je n'ai jamais rien volé.
À personne !
Même pas un euro dans le sac de ma mère,
même pas tenté de la gruger sur la monnaie du pain.
Je ne sais pas faire.
Je n'ai jamais voulu voler la place de quiconque.
Je cherchais juste à exister.
Et pour exister, j'ai compris qu'être aimé me
donnait l'impression
d'être cent fois, mille fois plus vivant.
Là, tout de suite, je me dis que n'importe qui
aurait pu faire l'affaire.
Cette fille ? Une autre ?
Je voulais être regardé, désiré, aimé, langui.
C'est tout.
Au fond, est-ce qu'elle m'aimait vraiment,
cette nana ?
Et moi, est-ce que je l'aimais sincèrement ?
J'en doute grave, là, et maintenant, c'est trop tard.

Mais ça ne méritait pas pour autant
de la planter et de tout foutre en l'air.
Tout !
Si elle meurt, je meurs.
De chagrin, d'ennui en prison,
ou plus certainement de la souffrance des miens.
Et pour savoir si nous nous aimions vraiment,
nous n'aurons même pas eu le temps de
nous poser la question.
C'est trop tard !

J'ai tout foiré.
Tout !

7

Après un assaut victorieux, la neige s'était accordée une pause ce lundi matin, mais le ciel, son allié menaçant, promettait à la ville, déjà bien habillée pour la journée, qu'elle ne perdait rien pour attendre.

Le froid glacial donnait à cette situation exceptionnelle, pour notre région si proche de l'Atlantique, une impression de fin du monde dont on ne sortirait pas. Et le pire, c'est que je trouvais cela normal. On s'habitue si vite à tout.

Mes visions ne prenaient pas de pause, elles. Ma bronchite et mon rhume ne les avaient pas freinées. Entre mon départ de la maison et mon arrivée à la grille du collège, pas moins d'une douzaine d'inconnus, de passants ou d'usagers du bus m'avaient révélé, sans le vouloir et le savoir, les joies et les peines qui les attendaient dans les semaines à venir. De petites joies, de grandes peines, ou l'inverse. Le destin ressemblait à un sniper fou, armé d'un fusil à répétition qui tirait dans le tas, sans se préoccuper de l'âge, du rang social ou du sexe de ses cibles. Ça glissait sur moi. À cela aussi, je m'habituais. Un manchot apprend à vivre avec son handicap et à se débrouiller avec sa prothèse. Un borgne sait se diriger en ville en ne disposant que de la moitié de son champ de vision. Maman avait parfaitement appris à se débrouiller malgré les absences répétées de son mari foreur de puits de pétrole et dénicheur de filons gaziers.

Je me suis gardé de fournir le moindre indice à l'éboueur qui jouait aux acrobates derrière le camion-benne ce matin, ou au livreur de Chronopost qui sonnait avec son gros paquet à la porte du 30, quai de Versailles. Pourtant, à eux et à quelques autres, j'aurais pu délivrer des informations intéressantes sur leur futur. N'étais-je pas tout simplement devenu une sorte de sale petit voyeur involontaire ? Le témoin de scènes interdites. Un passe-muraille qui détenait, malgré lui, des informations souvent stériles.

Ne rien dire…

Mieux que d'autres, je savais depuis longtemps ne pas me faire remarquer, au risque de passer pour fade.

Je pouvais donc tenir avec ce que j'avais pompeusement appelé « mon don », et qui n'était qu'un déséquilibre. À qui en aurais-je parlé ? J'avais des camarades, avec lesquels j'échangeais parfois quelques mots à propos des pièges dans la version d'anglais, ou de l'abîme dans lequel un cours de maths nous avait plongés, mais de véritables amis, de vrais complices, aucun.

L'anormal s'est situé ailleurs, ce lundi.

En passant la grille, j'ai fait défiler mon emploi du temps dans ma tête, et regretté de n'avoir pas un instant ne serait-ce qu'entrouvert mon bouquin de géo durant le week-end. Le conseil de classe avait eu lieu, mais les hostilités allaient commencer dès la première heure, par un devoir sur table sur les grandes densifications humaines du siècle. La prof nous l'avait annoncé depuis deux semaines, dans le style lancement de la prochaine série à succès. Sadique, elle avait ajouté que ce cadeau de Noël compterait pour nos moyennes du deuxième trimestre. Merci, madame, fallait pas !

J'avançais au milieu du troupeau quand deux garçons pressés m'ont bousculé pour atteindre le hall devant tout le monde. Ce genre de mêlée et de frottement est monnaie courante ici, et je suis sûr que ces deux élèves de cinquième n'avaient même pas idée de mon existence en s'éloignant gaiement devant moi. Alvin, un troisième qui marchait à ma hauteur, a rattrapé l'un des deux. D'une main ferme, il a accroché la sangle du sac à dos du plus grand, et l'a obligé à s'arrêter en le tirant sur le côté.

— Les deux Schtroumpfs, vous vous excusez immédiatement, a-t-il ordonné en me désignant du menton.

— Hé, du calme ! C'est quoi, le blème ? Ils t'ont embauché comme nouveau pion ? a protesté le prisonnier en essayant de se dégager de la poigne qui vrillait sa clavicule.

— Vous avez bousculé Barny… J'aime pas ça, a répliqué Alvin d'une voix toujours aussi ferme.

— Calme ta joie, mec. Y a pas mort d'homme !

— Présente tes excuses ! Et toi aussi ! Ne m'obligez pas à vous faire passer vos vacances de Noël à l'hosto ! Parce que là, il pourrait y avoir mort d'homme. Enfin « d'homme », c'est une façon de parler, les deux nains.

J'aurais été capable de prendre la défense des deux élèves si, sentant qu'Alvin n'en resterait pas là, les deux autres ne s'étaient excusés qu'en grimaçant.

— Désolé, Barnnnnyyy !

Ils ont pris soin d'appuyer sur le « ny », histoire de ne pas perdre totalement la face, et ont filé sans vérifier si Alvin s'en contentait.

J'ai bien été obligé de remercier mon sauveur de rien du tout, en ajoutant que cette petite histoire n'était pas si grave que ça.

— Barny, si t'as le moindre blème, tu viens en causer avec moi ou mes potes. Et nous, on t'arrange l'affaire !

Sa phrase se voulait sans équivoque. Complice, presque paternelle. Alvin s'est éloigné vers trois de ses amis. J'ai parfaitement remarqué les hochements de tête déférents qu'ils m'ont tous adressés.

Alvin, s'inquiétant pour moi ?

Ce type était une pointure de notre grande caserne. Mon total contraire. Le genre de garçon qui avait traversé ses six années ici (deux de plus que les autres) en se faisant remarquer, des profs autant que des pions. Aucun élève ne pouvait prétendre ignorer son existence. Alvin avait intégré le côté obscur de la Force avant même que je puisse imaginer qu'elle existe ailleurs qu'au cinéma. Depuis mon entrée en sixième, il ne m'avait adressé la parole qu'à deux reprises, et pour la même raison. Dans la queue du self, après m'avoir gratté la place, il m'avait fermement intimé l'ordre de ne pas avoir l'idée suicidaire d'oser me plaindre. En même temps, ce genre de situation m'arrivait régulièrement, notamment parce que je mangeais pratiquement toujours seul. Mais aujourd'hui, qu'Alvin connaisse mon prénom, m'a sérieusement étonné. Je veux dire, autant que de le voir prendre ma défense sans que je réclame quoi que ce soit.

J'ai attendu la première sonnerie à côté de la porte du foyer des élèves, sous le panneau d'affichage. Chacun sa planque. Je feuilletais vaguement dans mon classeur, très vaguement, les photocopies des cartes du cours de géo, et survolais mes quelques notes de loin, de très haut. Autour de moi, ravis de se retrouver après le week-end, des groupes se recollaient telles les pièces d'un puzzle en parfait accord. Je ne faisais partie d'aucune de ces tribus joyeuses. Alors, comment ne pas remarquer les « Salut, Barny » si inhabituels que m'ont adressés quelques élèves, en passant à proximité pour se diriger vers le CDI ou les labos de langue ?

— Ça va comme tu veux ?

Elle, je ne l'avais pas vue s'approcher. Elle m'a saisi en plein vol.

Mathilde ! Mathilde Deveaufleury était à moins d'un mètre. Elle me souriait. En tendant mes mains encombrées de mon classeur de cours, j'aurais pu la toucher…

En pensant que le paradis existait donc, et que je le découvrais brusquement, je me suis contenté d'un pauvre « Bonjour, Mathilde », à peine audible dans le brouhaha du hall.

Elle était accompagnée de son inséparable Soledad, élève d'une autre quatrième. Elle me fixait et me souriait vraiment, à pleines dents, si belle. J'imaginais tellement peu qu'une fille comme elle, qui m'ignorait le plus souvent, puisse user quelques gouttes de la salive de sa jolie bouche pour demander de mes nouvelles. Je n'ai pas percuté immédiatement.

— Alors, Barnabé, tu as passé un bon week-end ? a-t-elle insisté.

Il n'y avait pas plus plate question. Pourtant, dans sa bouche, ces quelques mots ont pris la saveur d'un loukoum parfumé à la rose et truffé d'amandes entières.

J'ai continué à maugréer une bouillabaisse inaudible, dans laquelle flottait en désordre : neige, fièvre, lit, ennui et toubib. Mes réponses avaient davantage la teneur d'une soupe froide que d'un plat de grande saveur, mais Mathilde et sa meilleure copine ont fait semblant de s'en contenter.

— On n'aurait pas dit, mais t'es une pointure, dans ton genre, beau brun.

Soledad s'encombrait rarement de circonvolutions. Elle a balancé sa phrase en l'agrémentant d'une moue délicieuse et gourmande, tout en donnant un coup de coude ostentatoire à Mathilde.

Derrière elles, passaient les troupeaux d'élèves qui bifurquaient vers les couloirs ou les cages d'escalier, tels des figurants pris dans le trafic d'un nœud routier complexe. Un film à la mise en scène un peu brouillonne, dont émergeaient les deux actrices principales, Soledad et Mathilde. Je doutais encore d'être inscrit à la distribution. Parmi les protagonistes secondaires du casting, est passé derrière elles ce frimeur d'Anthony Beaulieu. Il venait de retrouver sa petite cour et ne nous a même pas accordé un coup d'œil. En le regardant, une de mes nouvelles visions m'a brusquement traversé, sans que j'y attache plus d'importance sur l'instant. Je cherchais toujours une réplique originale à déposer entre Mathilde et moi. Quelque chose qui signifie que le repas entre nous n'était pas terminé.

— Ça caille sérieux, ai-je osé.

C'était pauvre, banal, sans saveur, insipide.

Trouvant sans aucun doute ma considération météorologique trop lamentable, Soledad a écourté mon supplice :

— On se voit plus tard, les amis. J'ai deux heures de gym ! Vous vous rendez compte, l'horreur ? Commencer sa semaine par de la gym… Pfff ! Faut être sacrément vicieux pour peaufiner des emplois du temps pareils !

Elle s'est éloignée en traînant les pieds vers la cour et le grand bâtiment du gymnase au fond.

— Pourquoi, une pointure ? Pourquoi elle dit ça, ta copine ?

Au moins, Mathilde n'avait pas profité du départ de Soledad pour s'enfuir à toutes jambes.

— Et modeste, avec ça..., a répondu la belle. T'es assez spécial comme mec, en fait. Tu caches bien ton jeu... Trop, à mon avis, mais c'est peut-être la marque de fabrique des garçons comme toi. Style faux timide.

Ne surtout pas répliquer que ma timidité n'avait rien de préfabriqué. Elle me soufflait dessus, et je m'éparpillais en miettes.

— Je ne triche pas, tu sais. Je suis un vrai inquiet, ai-je simplement avoué.

Quelle tache je suis !

Elle n'a pas relevé, ou a pris cela pour un trait d'humour. Elle a fixé mon classeur.

— Tu révises pour la géo ?

— Je tente juste de me souvenir de quoi a causé la prof, ai-je répondu, toujours dans le brouillard.

Une motte de beurre abandonnée sur un radiateur n'aurait pas moins fondu que moi devant cette nana.

Le glas du début des cours nous a vrillé les tympans, et les élèves ont accéléré le mouvement pour se regrouper vers les couloirs des salles de cours, les retardataires faisant mine de presser le pas sous les invectives des pions.

— Tu sais, Barny, je voulais te dire que je trouve que t'as eu un sacré cran d'avoir fait ce truc vendredi, avec les flics, pour aider Sammy et ses potes. Tout le monde n'aurait pas...

— Ah, c'est ça ?! ai-je laissé échapper dans un vrai cri de stupeur.

— Ça quoi ?

Elle venait de couper le chauffage, et le radiateur passait au rayon des produits surgelés.

La mansuétude d'Alvin, les bonjours appuyés et déférents des élèves, « la pointure » évoquée par Soledad, son « beau brun » à mon intention, et même la présence de Mathilde, si avenante et si proche ce matin… Je n'ai pas répondu, mais tout a brusquement pris sens.

Mon don pouvait donc me servir à ça ?

Le calcul n'a pas été long à faire. Je préférais que tout le monde se trompe sur mon compte et me considère comme courageux, particulier, efficace et précieux.

— Mathilde…, ai-je fait en fourrant mon classeur de cours dans ma besace.

— Oui ?

— Mathilde…

J'ai tout de même hésité. Je prenais de nouveau un gros risque si je terminais ma phrase, mais j'avais tellement envie qu'elle reste encore avec moi, qu'elle continue à me regarder, et peut-être même à me jauger comme un garçon super intéressant, voire envisageable.

— Oui, je t'écoute…

— Ta copine…

— Soledad ? Tu veux son 06, c'est ça ? elle a ricané, mutine.

— Non, pas du tout… (*Ne pas lui dire que le sien me serait autrement plus précieux.*) Mais justement, son portable… Si elle le cherche tout à l'heure, c'est sous la protection en plastique, au fond du sac de sport d'Anthony Beaulieu, qu'elle le retrouvera.

— De quoi tu parles, Barnabé ?

— Il niera, bien entendu. C'est normal, tu penses ! Ce mec, pour garder sa place au box-office, il serait prêt à affirmer que personne n'a jamais posé un orteil sur la lune… Mais le portable de ta copine, c'est là que ce voleur l'aura planqué.

— Mais…

— Évite de raconter que l'info vient de moi, s'il te plaît. Ça me fera des vacances.

— Je ne comprends rien à ce que tu me dis !

La seconde sonnerie a retenti. Nous aurions dû être devant la porte de la salle.

— Laisse tomber, on est à la bourre, ai-je fait en tentant de prendre un air mystérieux, et en m'engouffrant à mon tour dans le couloir du bâtiment B, en direction de mon échec annoncé au contrôle de géo.

Pas bien catastrophique, l'échec, puisque Mathilde marchait à mes côtés et ne paraissait pas en avoir honte.

J'apprenais vite, très vite, à tenir cette nouvelle posture.

8

Je ne me trompais pas en envisageant une Bérézina totale à ce devoir de géo. Me manquaient effectivement des chiffres et des références pour répondre au questionnaire super pointu que la prof nous avait peaufiné.

Qu'est-ce que j'en savais, moi, des grands flux migratoires de la population mondiale ? Rien !

Annoncer à la prof que le week-end prochain, pendant une promenade avec Sandrine, sa copine, cette dernière lui avouerait sur le chemin des douaniers qu'elle avait décidé de quitter son mari, aurait-il servi à remonter ma note ? Aucune chance. En déposant les photocopies devant nous, la prof avait osé lancer avec un sourire, un peu comme si c'était un cadeau : « Vous avez toute l'heure, c'est tranquille pour vous. » Tu parles ! Une heure serait un gouffre pour moi ! Cadeau pourri !

Un naufrage total ! Et je ne parle pas des réfugiés sur leurs matelas pneumatiques.

Anatole, mon voisin, était bien plus inspiré que moi. Pas bien difficile. Il noircissait sa copie à une vitesse supersonique depuis dix minutes, c'en était presque beau, chorégraphique, et, dans une respiration, il a jeté un œil sur la mienne, désertique.

Alors que je ne demandais rien, sinon la fin de mon calvaire, Anatole a discrètement fait glisser son brouillon sur ma rive de table, où je coulais style iceberg confronté au réchauffement climatique.

Il y avait là, sous mes yeux, tout ce qui me manquait et qu'il avait déjà retranscrit dans son propre devoir.

— Si ça peut t'aider, a-t-il murmuré en reprenant ses entrechats sur sa feuille. Fais gaffe à ne pas gratter mot à mot, on se ferait choper comme des branques.

Je ne sais pas s'il a saisi que mon gloussement retenu était un remerciement sincère.

Bien sûr, il fallait déchiffrer ses hiéroglyphes, mais pour sauver ma moyenne, je pouvais bien me transformer en Champollion. La copie d'Anatole était un trésor. Ça causait avec précision des réfugiés de guerre qui fuyaient la Syrie et l'Irak, et tentaient d'arriver en Europe par l'Est malgré les kilomètres de barbelés ; de ceux, réfugiés économiques, qui traversaient l'Afrique pour s'attaquer à la Méditerranée et à l'herméticité de nos frontières, à ceux d'Amérique centrale, qui se fracassaient de désespoir et de misère sur les obstacles piégés du Texas et de tout le sud des États-Unis. Ça n'oubliait pas les réfugiés climatiques qui piroguaient depuis leurs îles du Pacifique ou de l'océan Indien, pour tenter leur chance en Australie et en Nouvelle-Zélande. Il y avait même un paragraphe sur les Mozambicains et les Anjouanais abordant les côtes de Mayotte, histoire d'entrer en France et en Europe. Anatole avait noté des pourcentages et des dates dans lesquels j'ai pioché, mais avec parcimonie, pour rester crédible aux yeux de notre correctrice. C'est vrai que mon voisin était une bête en géo. Et sauvage, la bête. Il adorait ça, mais à le relire, sa copie tendait – selon moi – vers le sublime, le chef-d'œuvre. Je pouvais difficilement rivaliser avec un cador de cet acabit, qui devait être le seul être humain à cinq cents kilomètres à la ronde à savoir qu'on disait Mozambicains et non Mozambiquais, et sans doute à être fichu de pouvoir placer ce pays sur une carte. Me retrouver dans ses petits papiers ce matin allait me rapporter gros.

J'étais entré dans cette salle de classe condamné, j'en sortais triomphant. J'étais arrivé ce matin au collège comme un figurant de fond de scène, je me retrouvais propulsé au rang de vedette.

Toute ma journée a été de cette saveur délicieuse et si inconnue.

Cette journée et les suivantes.

Le miracle avec Anatole ne s'est pas reproduit dans les autres cours. Personne ne m'a refilé sa version d'anglais ou ses notes en maths, mais tout de même, voilà qu'on m'entourait d'une attention inhabituelle. On me lançait des clins d'œil de sympathie ou de complicité. On m'invitait, dans la ronde, à donner mon avis sur des sujets sur lesquels je n'avais jamais mon mot à dire auparavant. On approuvait mes analyses et mes jugements sur les attitudes des profs, la qualité ou la limpidité de leurs cours, tout autant que sur la nouvelle saison d'*Atkine l'effroyable* – pas aussi bonne que les deux précédentes –, alors qu'il y avait trois jours encore, personne n'aurait dressé l'oreille si j'avais eu l'impudence de déclarer que je n'en ratais pas un épisode. Pas un seul de mes camarades n'aurait imaginé que je pensais tant de mal des blagues nulles et parfois si déplacées de Cressot, le prof de SVT, et que je goûtais avec un avis d'expert les tenues de Baudry, la prof d'espagnol. On découvrait que j'avais un avis, et qu'il valait bien celui des autres. On me faisait confiance, alors je gagnais en confiance. Si je suis honnête, aucune de mes sorties ne valait une pareille considération. Seulement, à présent, elles avaient juste la place pour émerger et se mouvoir dans le marigot parfois glauque et un peu collant de nos échanges intercours.

Ce début de semaine, j'existais. J'existais vraiment.

Le changement a été radical, grisant et imprévu… Mais à bien y réfléchir, il demeurait limite vexant. Je n'oubliais pas que je bénéficiais de cette aura, parce que j'avais évité à une petite frappe de dealer de se faire choper par les flics vendredi soir.

Vexant et lamentable, mais un timide tel que moi aurait été encore plus nul de ne pas profiter de toutes ces attentions.

Avec Mathilde aussi, les choses sont passées de la steppe morne et venteuse à cette illusion d'oasis paradisiaque. Dès le lundi midi.

— Et comment tu savais pour le vol du portable de Soledad ? T'inquiète pas, je n'ai pas raconté que l'info venait de toi, mais… Ne me dis pas que t'étais dans le coup ? Elle l'a retrouvé exactement où tu l'avais dit.

Qu'elle me soupçonne était logique et ne m'inquiétait pas le moins du monde. L'unique chose qui comptait, c'est qu'elle avait couru vers moi dans le couloir pour me rattraper et me parler. Seule à seul.

— Si j'avais été complice d'Anthony, tu penses vraiment que je t'aurais bavé quoi que ce soit sur ce vol ? Réfléchis !

— Justement, je réfléchis, et je ne m'explique pas comment tu pouvais savoir.

Mentir, broder, comme je l'avais fait vendredi soir devant Sammy. Après tout, mes inventions rapportaient gros, si je dosais convenablement mes scénarios.

— Je ne suis pas le seul à savoir où ce mec planque les butins de ses petits vols. Et il a trop répété à quel point le nouvel appareil de ta copine lui plaisait.

L'air sérieux, belle et envoûtante, Mathilde me regardait, évaluant chacun de mes arguments et cherchant à effectuer les connexions nécessaires. Plus que ce matin, j'avais l'impression qu'elle me voyait pour la première fois.

— Oui, mais ça ne m'explique pas que tu aies pu savoir qu'il ferait ça aujourd'hui, dans les vestiaires et pendant le cours de gym ?

— Précisément parce que c'est là qu'il agit le plus souvent et le plus facilement. Il s'absente l'air de rien, pour filer aux toilettes, ou même sans prétexte. Il dispose de trois potes qui font le guet pour lui. Je ne te donnerai pas leurs noms.

— C'est l'un d'eux qui t'a vendu la mèche, c'est ça ?

Belle navigatrice, Mathilde prenait la barre de mon mensonge et, skippeuse avertie, avec aisance, elle lui faisait tenir le vent.

— Ça, tu n'en sauras rien, Mathilde.

— Inutile, j'ai mon idée… Et Soledad aussi.

Mélanger ce que ma prémonition m'avait accordé en quelques secondes ce matin, et le peu que je savais sur un pourri comme Anthony Beaulieu, suffisait à me faire remporter la régate.

— C'est dans les vestiaires qu'il a le plus de facilité à agir.

— Et pourquoi tu le balances ?

Elle avait posé sa question trop brusquement, trop fort. Elle s'en est immédiatement excusée, en ajoutant :

— Ce n'est pas un reproche, Barny. C'est juste pour comprendre comment tu fonctionnes.

— J'ai cent fois plus de respect pour un type qui pique dans un magasin et prend le risque de devoir s'expliquer avec les vigiles ou les flics, que pour les salopards qui nous faisaient les poches des blousons à l'école pendant que nous étions en classe. Et cela depuis la primaire… Je pensais que tu le savais, que je ne suis pas une balance, Mathilde.

Mon ton avait pris une teneur offusquée, qui l'a cueillie et l'a obligée à s'excuser.

— Je le sais, Barnabé. Je t'assure que je le sais ! a-t-elle fait en me décochant le plus délicieux des sourires et en attrapant mon avant-bras avec délicatesse pour que je comprenne bien que le fluide passait entre nous.

J'ai parfaitement goûté ce contact. Je n'étais chevalier de rien, et elle, pas davantage une reine, mais j'ai ressenti cette caresse comme un véritable adoubement.

D'autant plus qu'en guise de bénédiction, elle a ajouté :

— T'es un mec bien, Barnabé Barbès. Étonnant, mais… bien. Plutôt craquant, même…

Elle avait pris soin de prononcer mon prénom et mon nom en entier. Ce que ne font que les profs ou mes grands-parents. J'ai considéré que c'était un signe de délicatesse et de respect.

Sur le moment… J'ai pensé que j'interdirais à quiconque de tenter de me décrocher du nuage sur lequel je venais d'élire domicile. Brillaient des paillettes dans son sourire, et à la regarder, je bronzais à vue d'yeux, les siens.

J'ai adoré.

*

Bon, je ne disposais pas non plus d'une cour – qu'en aurais-je fait ? –, mais devenir populaire, audible et intéressant me suffisait. Cette nouvelle position me conférait force et confiance, tout ce qui m'avait toujours manqué.

Mes visions d'avenir continuaient à sonner, et pour affirmer davantage ma personnalité, j'avais décidé de les utiliser toujours à bon escient. Un mardi midi, notamment, après avoir croisé Mme Dulvin dans les couloirs. Notre prof de français était chargée de son cartable lourd comme un bœuf mort, et quelques minutes plus tard, j'ai annoncé à Tamimount, une fille de la classe de Soledad :

— Demain matin, votre devoir de deux heures avec Mme Dulvin portera sur Camus et la notion de voix intérieure dans *L'Étranger*. Vous aurez aussi des questions sur les didascalies dans les pièces de Molière et de Corneille. Fais passer l'info.

— Et comment tu sais ça, toi ?

— Je le sais, c'est tout !

Tamimount n'était pas du style à se laisser impressionner par une info si vague. J'avais préparé des répliques imparables. Tout le monde a déjà constaté que plus le mensonge est énorme, plus il passe les portes. Paradoxal, mais vérifié.

— L'original du devoir, les questions, elle a dû l'oublier dans la photocopieuse de la salle des profs. Il s'est retrouvé dans le bac à papier du tri sélectif.

— Tu l'as ? avait insisté Tamimount en ouvrant grandes les deux soucoupes volantes qui lui servaient à me regarder.

— Trop risqué, je l'ai juste lu. Et à moins que ta prof de français change tout d'ici demain matin, je suis sûr de ce que je te dis.

Je n'ai pas eu à ajouter que je savais aussi que Mme Dulvin ne risquait pas de modifier quoi que ce soit, ce soir chez elle, puisqu'elle dînait chez sa sœur, enseignante elle aussi. À l'apéro, elle parlerait du devoir préparé pour ses classes, rentrerait bien trop tard avec son mari et trop alcoolisée pour se lancer dans la moindre modification de l'épreuve déjà prête.

Avec une malice toute particulière, Tamimount a demandé :

— Et tu veux quoi contre cette info ?

J'ai senti que je pouvais lui demander la lune, et le droit d'y poser le pied en premier. Je l'ai jouée grand seigneur.

— C'est cadeau, Tam. Juste un cadeau. C'est bientôt Noël, après tout. Mais si tu partages l'information avec les autres, et si ça t'amuse, tu peux même leur balancer en douce que c'est de moi que tu la tiens.

— T'es un mec super, Barny ! Je ne fête pas Noël, mais t'es un mec super.

— Ah, là, tu me déçois, Tam ! Pas parce que tu ne fêtes pas Noël, mais parce que je croyais que tu le savais déjà ?

Sans que je m'y attende, elle m'a claqué une bise sonore sur la joue, et je l'ai vue disparaître, légère, guillerette et émue, dans le couloir du foyer en direction du CDI. Je suppose que c'est là que se réchauffaient ses copines avant que n'arrive leur tour de service au self.

Je tirais à tout va pour asseoir ma réputation.

La liste serait trop longue, mais je peux dire que j'ai évité à deux petits sixièmes de se faire racketter par trois salopards de quatrième, amis de cette crapule de Beaulieu, qui avaient prévu de les coincer derrière les anciennes toilettes du gymnase, après avoir remarqué que l'un d'eux s'était pointé au collège avec l'argent qu'il comptait dépenser le soir même pour acheter le cadeau de Noël de ses parents. Je n'avais pas sauvé la jambe d'une buraliste, lors de mes premières visions, mais j'ai sauvé de justesse une cuisinière qui, récupérant son scooter sur le parking un après-midi, aurait pu se retrouver sous les roues de la camionnette d'un livreur de la cantine qui ne pouvait pas la voir dans ses rétros – comme je venais d'en avoir la prémonition. Alors qu'elle attachait son casque, j'ai obligé le conducteur à stopper sa manœuvre, en inventant qu'il avait laissé ouvert le hayon arrière de son véhicule. Quand il est sorti pour vérifier mes dires, il s'est apperçu que je m'étais « trompé » ; je me suis excusé, mais le scooter était déjà sorti du parking.

Mon aura devenait tentaculaire – elle tournait surtout autour de Mathilde et de son groupe d'amies –, mais je marquais des points partout, et j'adorais ça.

Le mercredi après-midi, chez moi, je n'ai pas eu de grosses difficultés à trouver le compte Facebook de Roseline, la caissière chanteuse du supermarché. Après m'être créé un faux compte au nom d'une soi-disant Carla Durtal, je lui ai envoyé en message privé :

« Je crois en votre talent. Je vous ai écoutée chanter lors du concours de l'émission *Star'in block* – j'ai été recalée –, et j'ai entendu les membres du jury de la chaîne parler de vos prestations. Ils étaient particulièrement emballés, mais je crois avoir compris que vous aviez inscrit à votre programme, pour vos prochaines prestations, le titre *Purple Rain*. L'un d'eux vous attend sérieusement au tournant sur ce titre. Il en est un fan absolu. Travaillez-le un maximum, comme si votre vie en dépendait. Donnez-lui une pêche inégalée, et évitez une gestuelle déplacée. Elle vous nuirait. C'est le conseil précieux d'une admiratrice sincère qui veut vous voir triompher. »

Le second message de Carla Durtal, beaucoup plus bref, était pour Natacha Goupil, la maîtresse du conducteur de mon bus :

« Votre mari sait tout ! Faites attention ! Il sait pour votre collègue chauffeur et vous ! Il a prévu de vous surprendre à la sortie de l'hôtel où vous vous retrouvez le mardi après-midi. Je ne juge pas, je vous préviens seulement ! C'est tout ! »

Je m'amusais du destin. Puisque l'avenir était écrit et que le hasard – comment appeler cela autrement ? – me révélait des détails du futur de certains, je me transformais en chef d'orchestre d'une partition que je parvenais à peine à déchiffrer. Je devenais le maître du monde. D'un très petit monde, certes, mais maître tout de même.

Un kif total !

Les deux dernières secondes après le choc :

« Je vais te tuer, et je t'aimerai après. »
Elle est là, allongée,
baignant dans son sang,
et je ne me suis jamais senti aussi perdu.
Ce sont des conneries, Shakespeare !
Je ne l'aimerai pas davantage après.
Tous les auteurs de livres, de films,
de tout ce qui existe,
ne racontent que des conneries.
Il n'y a que la vie qui compte,
et moi, je viens de la lui ôter.
Non, je ne l'aimais pas vraiment.
Je n'en ai pas eu le temps.
J'aimais qu'elle m'aime,
ou qu'elle me le fasse croire.
J'aurais aimé qu'elle me regarde plus,
qu'elle me remarque davantage,
me cherche avec plaisir.
J'aurais aimé lui manquer.

Même pour de faux, de pas vrai,
comme pourrait dire ma Clémentine,
mais ça ne méritait pas pour autant
de lui percer le ventre.
Ce ventre que je n'ai même pas eu le temps
de toucher, caresser, embrasser.

9

Cinq jours.

Cinq merveilleux jours qui sont passés sur moi comme une caresse magique. Malgré le froid, malgré l'ennui de ces jours de décembre qui n'en finissaient pas de raccourcir, comme si l'avenir n'allait dorénavant plus ressembler qu'à une interminable nuit.

Un bonheur total ! Durant cette semaine, j'ai passé mon temps à user de mon don comme dans un jeu. Je le faisais en douceur, mais toujours après avoir vérifié que je disposais d'un minimum de public à proximité.

Un soir, en attendant mon bus et en regardant les élèves cyclistes sortir du garage à vélos, j'ai annoncé, l'air de rien :

— Dimitri Devanne, là, qui vient de monter sur sa bécane. Je ne le sens pas. Je parie qu'il va se rétamer d'ici cent mètres en freinant au stop. Regardez.

Et évidemment, comme je venais d'en avoir la vision quelques minutes auparavant, le Dimitri en question s'est vautré sur une flaque de neige fondue, au stop, alors que passait une voiture, qui l'a évité de justesse.

Des exemples pareils, des paris lancés comme des blagues, j'en saupoudrais autour de moi durant ces jours précieux, en particulier quand Mathilde se trouvait à portée d'oreille ou de vue. J'impressionnais et, bonus suprême, on me trouvait royal de ne jamais mettre en jeu quelques euros quand je lançais mes paris.

Et lorsqu'on me le faisait remarquer, je répondais avec une fausse humilité :

— J'aurais tout aussi bien pu perdre. Et puis, j'ai dit ça pour jouer, pas pour gagner.

Royal ! Et tellement intègre…

Ça fonctionnait avec les verres explosés sur le carrelage du self, les plateaux renversés, tel prof qui sortirait le premier de la cafétéria de l'administration… Tout ce que mon don pouvait m'accorder au rythme de mes visions, je l'utilisais.

Ma popularité auprès des élèves grimpait en flèche, et celle auprès de Mathilde atteignait l'Everest.

Tamimount m'avait de nouveau remercié – sans bise, cette fois-ci – pour lui avoir fourni les bonnes pistes au sujet du devoir de français. J'avais remarqué que mon chauffeur tirait une tête contrariée le jeudi matin quand j'étais monté dans son 33, et depuis lundi, Alvin et d'autres ne pouvaient pas arriver au bahut sans m'accorder un salut très appuyé, et Mathilde… Elle recherchait ma présence. En se croyant obligée d'insister, elle m'avait invité à une soirée le vendredi soir, chez Soledad. Une fête d'avant vacances, avec plusieurs élèves de notre classe et de celle de Soledad. Cette fameuse fête dont tout le monde parlait depuis plusieurs jours et à laquelle, la semaine précédente, personne n'aurait eu l'idée saugrenue de m'inviter…

Je triomphais en silence. Depuis mon entrée au collège, jamais on ne m'avait convié à ce genre de rendez-vous. Une fête qui ne ressemblerait pas aux quelques anniversaires d'après-midi, en primaire, avec cadeaux, jeux et gâteaux, barquettes de bonbons, et surveillance aussi admirative que policière des parents réquisitionnés pour l'occasion.

Mathilde me cherchait, je n'avais jamais attendu que cela. Pourquoi en aurais-je été inquiet ? Elle représentait – pour moi – la fille la plus craquante qui soit, et – selon beaucoup de monde – une nana qui avait énormément d'avance sur nous tous pour ce qu'il en était des conquêtes amoureuses. J'envisageais sans problème d'être accroché à son tableau de chasse. Oui, comme il me semblait loin le temps où je me contentais de la fixer de loin, limite SDF – Sans Déclaration Formulée. À des années-lumière.

Il y avait des mecs dans ce collège, des filles aussi, qui visaient leur cible, prenaient leur respiration, traversaient la cour avec une démarche de cow-boy de vieux films ou de mannequins de caricature de pub, et lançaient, sans même baisser les yeux vers les lacets de leurs Converse : « Ça te dirait pas de sortir avec moi ? », comme s'ils demandaient : « À tout hasard, tu me filerais pas un ticket de cantine ? Je te rendrai ça demain, sans faute. » Et le plus surprenant, c'est que parfois, ça fonctionnait.

Nous savions tous à quel point Mathilde avait su collectionner des albums entiers de conquêtes – j'en connaissais quelques-uns qui ne s'étaient jamais remis d'avoir été jetés par elle. Elle pratiquait la séduction comme un sport de haut niveau, exactement comme Samuel Letourneux, qui montait en lévitation pour chaque équation résolue en maths. Alors que cette princesse me calcule, quoi qu'il advienne, c'était une chance inespérée. Elle finirait par se lasser de moi, c'était certain, mais si je suis totalement honnête, cette semaine-là, j'avais la prétention vaniteuse de croire aux miracles, et même de pouvoir les provoquer.

Mathilde n'a pas traversé la cour... Elle m'a chopé à la sortie du cours d'anglais, le vendredi en fin d'après-midi.

— Alors, Barny, tu n'oublies pas... Tu viens, ce soir... à la fête chez Soledad ? a-t-elle demandé pour se faire plaisir, et pour m'assurer qu'elle comptait sur moi.

— À moins qu'une météorite n'explose, qu'un trente-deux tonnes me passe sur le corps, je serai là, ai-je répondu.

J'avais l'adresse, l'heure et la consigne d'apporter « quelque chose à boire, quelque chose à manger, et quelque chose à danser ».

Ce genre de ticket d'entrée me convenait parfaitement. Persuader ma mère de m'accorder cette sortie n'avait posé aucun problème. Au contraire. Je la sentais très inquiète de ne me voir jamais invité nulle part, mais elle évitait le sujet. Je suis certain que si les choses avaient été moins tendues entre elle et papa, elle lui aurait envoyé un mail intitulé: « Barnabé sort enfin ! »

— Barny, on pourrait rentrer ensemble, ce soir.

Sans chercher à en compter les pieds, j'avais immédiatement traduit son alexandrin en « on pourrait sortir ensemble », et brusquement, ce fut Noël, Pâques, Roch Hachana, l'Aïd, mon anniversaire et les grandes vacances en douze syllabes.

J'ai évité de sauter de joie et de me rouler par terre. Ça n'aurait pas trop collé avec mon nouveau statut super classe.

Nous étions dans le froid, il neigeait, mais moins que la semaine précédente. Pas de Sammy ou de ses deux larbins en scoot à l'arrêt de bus, pas de voiture banalisée des flics à scruter la sortie des élèves. En une petite semaine, j'étais devenu quelqu'un, vraiment quelqu'un, et j'adorais naviguer sur cet océan de popularité. Une tempête se serait levée pour tout dévaster, un monstre digne de ceux que mon père affrontait à l'autre bout du continent, je m'en serais moqué, j'étais dorénavant plus fort que ça. Oui, tout dévaster, sauf l'Abribus. Nous avions pris place sous l'aubette qui m'avait valu le début de ma gloire vendredi dernier. Mathilde attendait Soledad pour lui expliquer qu'elle rentrait avec moi, mais que nous serions chez elle à vingt heures, comme prévu.

De la même teinte châtain foncé que ses cheveux, le col en fausse fourrure de sa doudoune molletonnée lui dessinait une belle crinière autour de la tête. J'ai pensé : une lionne. Ce qui était totalement idiot, puisqu'à ma connaissance, seuls les mâles dans la savane possèdent ce genre de fraise poilue autour du cou. Une lionne tout de même ! Elle venait de poser sa main sur le bras de ma doudoune – trop molletonnée pour que je puisse sentir ses doigts gantés –, et après s'être tournée vers le hall et sa copine qui n'arrivait toujours pas, elle s'est replacée en face de moi. Je ne disais rien, parce que j'aimais que ce soit elle qui donne le tempo. Je n'ai même pas osé lui rendre la pareille en attrapant la manche de son vêtement trop épais.

À travers nos lèvres un peu gercées, les vapeurs de nos respirations se mélangeaient entre nos deux têtes et s'élevaient en un épais nuage en forme d'auréole. J'avais tant rêvé d'un instant pareil avec cette fille. Certains soirs, dans la solitude de mon lit, je l'invitais souvent à m'offrir ses lèvres, parfois ses seins, ses hanches, son ventre, et les images qui montaient – car dans mes rêves, elle était évidemment d'accord pour tout m'offrir – avaient au moins la vertu de m'aider à m'endormir.

Mais là, c'était du vrai.

Elle a rugi gentiment :

— En fin de compte, tu me plais bien, Barny.

Ce n'était pas une question ni une véritable déclaration, cette fille avait ses entrées VIP où elle voulait, quand elle le désirait, et il devait y avoir des légions de garçons qui lui plaisaient davantage à vingt mètres à la ronde. Pourtant, tout en serrant un peu plus mon avant-bras pour prendre appui, avec son autre main libre, elle m'a attrapé la nuque pour l'emprisonner et me forcer à me pencher à sa hauteur. Elle s'est collée à moi et m'a roulé une puissante pelle.

De ce que j'ai pu juger, elle pratiquait cela avec une technique très pro au regard de l'amateur que j'étais. Une pelle d'enfer…

Une tractopelle plutôt.

J'ai été si surpris que je n'ai pas su répondre à son baiser comme il fallait. Elle a dû me trouver maladroit et juger ma langue puérile et nerveuse, mes dents trop présentes. Pourtant, j'y ai mis du mien. Car il pouvait mieux faire, le Barny. Pas assez révisé ni appris ses fondamentaux dans l'art du baiser torride. Trop néophyte.

C'est nul, mais sur le moment, j'ai pensé à ce truc. Une idée fugace et idiote qui m'a rendu encore plus maladroit, alors que franchement, il y avait d'autres choses plus agréables sur lesquelles cogiter quand on embrassait Mathilde… J'ai pensé que par ce froid, nos bouches pourraient rester collées, et qu'on risquait de se retrouver scotchés comme deux imbéciles. J'avais peut-être vu ça dans un dessin animé, et ça ne me quittait plus. Comment s'abandonner totalement avec une idée pareille ?

Elle, volontaire, a continué encore un peu, à la limite de l'asphyxie, et a fini par répéter, quand nous nous sommes décollés (car nous nous sommes décollés) sans dégâts.

— Ouais, tu me plais vraiment bien, Barnabé ! a-t-elle répété.

Elle mentait.

Tout résidait dans le « bien ». Elle m'avait évalué, calculé, pas désiré. J'étais libre sur le moment, et j'avais juste une super cote. Celle d'un mec attentif qui voyait plein de trucs, ou du moins, qui avait un coup d'avance. Pas besoin de don de prémonition pour le sentir. Elle n'était pas amoureuse, mais juste fière de me faire entrer dans son cheptel déjà bien fourni, et sans doute avait-elle besoin de vérifier que ce soir, chez Soledad, je ne serai là que pour elle.

Une ligne sur sa liste. Pas très glorieux, mais autant tenir le rôle puisque c'est celui que j'avais tant cherché à décrocher.

J'ai souri, et je me suis entendu lui répondre, beaucoup moins fauve, beaucoup moins sauvage :

— Toi aussi tu me plais, Mathilde.

Je ne mentais qu'à moitié. Qu'importe, puisque c'était avec moi qu'elle voulait rentrer/sortir, ce soir. Ça durerait ce que ça pourrait. Jusqu'aux vacances, jusqu'à Pâques ou à la saint-glinglin, qui, soit dit en passant, tombait on ne savait jamais trop bien quand.

Puis, Soledad est arrivée dans le dos de Mathilde. Elle arborait une mine de jour d'attentat. Le sien s'était visiblement déroulé en cours de maths.

— Je me suis fait totalement défoncer par ces putains d'équations, et en rab, je me suis chopé deux putains d'heures de colle, soi-disant pour avoir mal parlé à cette pétasse de prof. Comme si je parlais mal… Quelle conne, celle-là !

— Dur, a compati Mathilde, toujours serrée contre moi. Mais t'annules pas ta fête, au moins ?

— Bien sûr que non ! s'est esclaffée Soledad. Pour deux pauvres heures de colle à la con ? Pour qui tu me prends ?

— Bien, très bien, a rétorqué Mathilde, soulagée.

— Ouais, pour la colle, visiblement, y en a des biens plus agréables que celle que je vais me taper mercredi, a ricané Soledad en nous désignant du menton.

J'ai tressailli.

Pas à cause de ce qu'elle venait de dire…

Tressailli, vraiment.

Mathilde l'a senti, j'en suis sûr. J'ai perçu l'accroche de sa main changer d'intensité sur mon avant-bras.

Tressailli comme jamais. Le trente-deux tonnes évoqué quelques instants plus tôt venait de me passer dessus…

Je ne sais pas à quoi ressemble une électrocution sur une chaise de condamné aux États-Unis, et je n'ai pas plus que ça envie de le savoir. Mais le choc a été d'une fulgurance inouïe.

— Ça ne va pas, Barny ? a gloussé Mathilde à côté de moi.

Je n'ai rien pu répondre. Je regardais Soledad comme si c'était la première fois que je voyais cette fille, souvent si joyeuse, même aujourd'hui, malgré sa fin de journée plombée.

— Ben ouais, qu'est-ce qu'il t'arrive, beau mec ? T'as pas l'air bien. C'est pas à cause de mes heures de colle, tout de même ? a-t-elle demandé, ironique. J'ai l'habitude, t'inquiète.

Si, Soledad, j'avais toutes les raisons d'être inquiet.

Je me suis détaché de Mathilde. En essayant de ne pas le faire trop brusquement.

— On rentre ensemble, Barny et moi. Je voulais te prévenir, a repris la lionne à l'adresse de son amie.

— Ah, d'accord ! C'est la loose totale pour ma pomme, s'est amusée Soledad en en rajoutant un maximum avec une grimace de désespoir.

— Non… non… je suis désolé, Mathilde, je viens de me souvenir… J'avais totalement oublié… Là, j'ai un rendez-vous avec ma mère pour acheter le cadeau de Noël pour mon père. Je vais être en retard. J'peux pas, j'peux vraiment pas.

Un noyé qui ne sait pas nager n'aurait pas paniqué plus que moi.

— Bon, ben, à tout à l'heure alors…

C'est tout ce que j'ai eu le temps d'entendre.

Plus nul comme mensonge, il n'y avait pas. Mais sur l'instant, c'est tout ce que j'avais été capable d'inventer. Il fallait absolument que je m'enfuie, alors je me suis engouffré aussi vite que possible dans le 33 qui venait de se garer devant nous.

J'étais parfaitement conscient qu'on ne plantait pas une fille comme Mathilde de manière aussi lamentable, sans un bisou, sans un mot un peu plus doux après le baiser qu'elle venait de m'accorder. Mais j'ai avancé vers le fond du bus sans leur jeter le moindre regard, tellement j'avais peur de revoir ce qu'il m'était apparu quelques instants auparavant.

J'ai jeté un coup d'œil dans le rétroviseur intérieur du chauffeur pour l'observer. Il tirait toujours la même tête d'enterrement. En le regardant, j'ai immédiatement su qu'il avait rompu avec Natacha Goupil. Est-ce que cela lui éviterait de se faire casser la figure par le mari de celle-ci ? Ma vision ne me le disait pas.

Une tête d'enterrement...

Ce n'est qu'au bout de cinquante mètres, sur le boulevard, que je me suis enfin retourné vers la grille du bahut. À peine brouillées par une résille de neige, Soledad et Mathilde semblaient s'être parfaitement remises de ma fuite précipitée. Elles étaient là-bas et riaient ensemble, complices, heureuses, comme si, en leur faussant compagnie, je venais simplement de leur faire une petite blague. De toute façon, elles comptaient sur moi pour la soirée.

D'enterrement...

Cinq jours de plaisir coûtent-ils obligatoirement un prix si exorbitant ?

La fête était finie pour moi. Elle n'avait pas duré longtemps. La saint-glinglin, c'était ce soir.

Tu descends du manège, Barnabé Barbès ! T'as attrapé Mathilde, mais tu l'as lâchée, alors il n'y a pas de tour de rab pour toi.

D'enterrement...

Pas le mien, le leur !

Comment aurais-je pu oser expliquer à Mathilde et à sa plus grande complice qu'en les fixant, alors que Soledad nous rejoignait sous l'aubette du bus, venait de m'apparaître l'une de mes saloperies de flashs ? Une vision rapide, mais d'une terrible précision. La plus terrible qui me soit tombée dessus depuis le début. Comment leur avouer que Mathilde allait mourir ce soir, sous les yeux de Soledad ? Et qu'en plus, comme si cela ne suffisait pas à ma panique et à ma détresse… c'était moi qui allais la tuer…

10

Hiberner !

S'escargoter dans une coquille hermétique, blindée, inviolable, un confinement plus draconien que celui que nous avait imposé le coronavirus quand il s'était abattu sur le monde. Ne réapparaître que dans plusieurs jours. Non, mieux : dans plusieurs semaines. Lorsque le ciel et le printemps nous donneraient enfin l'illusion que la vie valait l'effort qu'on se fatigue pour elle.

Ou alors, me persuader que j'avais mal vu…

Mauvaise pioche, j'avais parfaitement vu les choses !

Je suis rentré, plus perdu que je ne l'avais jamais été.

Foncer me plonger dans mon lit. Me barricader dans ma chambre et n'accepter de m'en extraire que lorsque l'heure de mon homicide serait passée, et bien passée. C'était le meilleur moyen que j'envisageais pour qu'il n'ait pas lieu. Le seul.

Cesser d'exister.

Après tout, j'avais toujours su tenir ce rôle de taupe. Le retour à l'ombre et aux profondeurs ne serait pas si compliqué. C'est juste une façon de parler. Je venais de goûter à Mathilde et à une popularité trop grisante pour que le retour en arrière-plan soit aussi aisé.

Cette vision, tout à l'heure, était-elle de la folie ? Pourquoi aurais-je voulu faire du mal à la fille qui me plaisait autant ? Cette prémonition n'avait aucun sens. Aucun !

Ça tournait, mauvais manège, sales montagnes russes, dans ma tête et sous toutes les coutures. Dans le halo des réverbères, les flocons ressemblaient à la constellation d'une galaxie surpeuplée de planètes. J'aurais explosé en plein désarroi si cette voiture n'avait pas klaxonné et freiné à ma hauteur, alors que j'arrivais devant chez moi.

Une Clio blanche et souillée de la boue gelée qui habillait toute la longueur de son bas de caisse.

J'ai pensé à un voyageur paumé dont le GPS l'avait lâché. Comment un mec perdu comme moi pouvait-il indiquer le bon chemin à quelqu'un ?

Je me trompais. Le type me connaissait.

— Tu vas mieux, jeune homme, à ce que je vois.

Le conducteur avait ouvert la fenêtre à droite, et s'était penché sur le siège passager pour me parler.

J'ai mis un peu de temps à le reconnaître. Tous mes neurones n'étaient pas disponibles. Je n'avais même pas remarqué le sigle bleu sur le capot de la voiture, que la neige constellait en partie.

— Je te l'avais bien dit…, a insisté le docteur Bruno Gachet.

— Bonsoir, docteur, ai-je bredouillé, surpris.

— Je me trompe rarement sur mes diagnostics, a-t-il insisté en souriant.

— Oui, vous aviez vu juste. C'était un gros coup de fièvre. En tout cas, rien de plus méchant, ai-je répondu.

Je ne comprenais pas que ce type s'arrête là, sur le côté, juste pour m'assurer qu'il était un bon toubib. Là encore, cela n'avait absolument aucun sens.

— Alors que toi, en revanche…

Qu'est-ce que cela voulait dire ?

J'avais d'autres préoccupations bien plus graves et plus importantes que de lui accrocher un stéthoscope d'or sur le coin de sa parka.

— Elle n'a rien dit pour mes lacets de couleur et pour mes chaussures. Tu vois, je crois même que cela l'a bien amusée. Ça l'a interloquée, et plutôt amusée. C'est même moi qui en ai parlé, dès la première minute, en m'excusant pour ma tenue. Elle n'était pas dégoûtée du tout.

Au contraire, a-t-il ajouté avec un clin d'œil qui se voulait gourmand et satisfait.

C'est revenu d'un coup. Samedi, la consultation sur la banquette du salon. Ma réflexion sur ses lacets dépareillés, et l'attention obsessionnelle que Caroline portait à ce détail vestimentaire.

— Elle a aimé vos lacets ? ai-je bafouillé, brusquement intéressé.

— Je n'ai pas dit qu'elle avait aimé. Elle a juste compris que j'étais débordé et que je n'avais pas eu le temps de passer chez moi me changer. Que j'étais bien davantage préoccupé par mes patients et par mon travail que par mon apparence. Que c'était ça, ou que je ratais notre rendez-vous au restaurant, et que je n'avais pas hésité. Elle a apprécié mon honnêteté. Vraiment apprécié, a-t-il insisté avec un sourire entendu qui en disait long sur son week-end avec elle.

— C'est génial, docteur ! C'est absolument génial, ce que vous me dites ! Je suis bien content pour vous.

J'ai fait éclater ma joie beaucoup trop fort, bien trop joyeusement dans le froid de la rue.

— Je suis touché que tu sois ravi et que tu te préoccupes autant de mes histoires de cœur. Maintenant ça ne m'explique pas comment tu pouvais être au courant que je dînais avec ma collègue ce soir-là.

Alors, tu éclaires ma lanterne ? Caroline est une amie de tes parents ?

— Je... je ne sais pas, docteur... Une connaissance ? Je ne crois pas... J'avais de la fièvre, beaucoup de fièvre, je délirais grave à mon avis. Ou alors, peut-être qu'elle fait partie des connaissances de ma mère... Dans ce cas, elles se sont téléphoné pour bavasser et ont fait allusion à ce rencard avec vous. Je n'en sais plus trop rien, docteur. Peut-être que j'ai entendu un bout de leur conversation...

— Ça fait beaucoup de « peut-être », mon garçon..., a-t-il grimacé avec toute la perplexité qu'il avait en stock.

— Parce que vous imaginez que je connais toutes les copines de ma mère ? ai-je répliqué avec l'aplomb du désespoir. J'avais de la fièvre, souvenez-vous. Mais je suis super content pour vous. Sincèrement. Elle a encaissé vos pompes ? Vraiment ? C'est le signe qu'elle vous kiffe à mort.

J'ai freiné ma réponse. J'étais si content de ce qu'il venait de m'annoncer que j'aurais été capable de lui demander s'ils avaient couché ensemble et s'ils allaient se revoir, et si oui, quand ? Samedi dernier, dans ma vision, elle l'abandonnait devant la station de taxis, au sortir du restaurant. Elle le faisait poliment, amicalement, après lui avoir accordé deux bises sincères, mais pas plus, puis elle le plantait et rentrait seule.

Ma vision de samedi dernier était fausse. Ces machins qui me tombaient dessus depuis des semaines pouvaient donc aussi raconter n'importe quoi ? C'était la meilleure nouvelle qu'il puisse m'annoncer !

— Alors, elle ne vous a pas laissé devant le resto ? ai-je lancé pour me moquer de moi.

J'aurais pu l'assurer que, c'était promis, je serais le témoin de son mariage si ça lui faisait plaisir, le parrain d'un de leurs mômes s'ils en avaient, le garçon d'honneur, le…

Il a coupé net mon euphorie, sans se rendre compte du nouveau cataclysme dans lequel il me plongeait sans le vouloir.

— Eh bien si, justement, elle m'a laissé devant le restaurant, a ajouté le jeune toubib. Il a fallu que je galope derrière son taxi quand elle est montée dedans.

— Mais… mais, et alors ? me suis-je entendu demander sans la moindre précaution.

Je recommençais à défaillir.

Tout à son récit, le docteur Gachet ne s'est rendu compte de rien.

— Et pour courir, j'ai couru. Je pratique en amateur, mais j'ai un bon niveau. J'ai déjà fait le marathon de

New York et celui de Paris. Je l'aurais rattrapée, mais je me suis étalé par terre au moment précis où elle m'a aperçu à travers la vitre. Mes lacets défaits. Encore ces fichus lacets… Mais ça, ta mère le sait sans doute déjà, si Caroline lui a tout raconté… Elle a ordonné au taxi de s'arrêter. Allez, rentre chez toi, pas la peine que tu attrapes de nouveau la crève, mon bonhomme. Bonne soirée.

Je l'ai vu démarrer avec un grand sourire complice et satisfait, puis s'éloigner dans la rue.

Les yeux accrochés aux feux arrière de sa voiture, je me sentais douché, et pas par la neige qui redoublait de force.

Mais alors, il était avec Caroline, oui ou non ? Elle était juste, ma vision, ou je m'étais totalement fourvoyé ?

Et celle concernant Mathilde ?

La crève ?

C'était sur moi qu'elle tomberait ou sur cette fille ?

Je n'ai pas couru derrière sa voiture. Pas seulement parce que je n'ai jamais été marathonien, mais surtout parce que la panique me coupait les jambes.

*

À peine ai-je poussé la porte, que j'ai eu cette certitude que tout mentait autour de moi.

Avant tout la joie de Clémentine et de maman qui, comme souvent, venaient d'avoir un Skype avec mon père. Elles m'ont accueilli, soulagées et ravies. La grève des pilotes d'hélicoptères venait de prendre fin, et mon père serait parmi les premiers ouvriers et cadres à rejoindre l'Écosse pour prendre un avion et rentrer en France, afin de profiter de ses congés hautement mérités et prolongés pour les fêtes.

— De toute façon, je le savais, insistait fièrement la princesse en sautillant sur les genoux de la reine mère.

Elle a eu la délicatesse de ne pas en remettre une couche sur la charité d'un Père Noël qui aurait, fin du mouvement social ou pas, pris son papa en stop sur son traîneau.

Il y avait autre chose qui sonnait faux, mais sur le moment, je n'ai pas su exactement le définir. C'est maman qui a éclairé ma lanterne.

— Tu sens ?

— Je sens quoi ? ai-je demandé en délaçant mes pompes. Tu veux dire que je pue des pieds, c'est ça ?

— Mais non, grand nigaud. Tu sens l'odeur ?

J'ai tenté de faire le tri entre les effluves qui montaient de mes chaussettes trempées et sales, et ce qu'elle désignait du menton, en direction de la cuisine.

— J'ai préparé mon gâteau au chocolat pour toi, a-t-elle déclaré fièrement.

— Tu veux dire, pour nous ? C'est bien. J'ai pas trop faim, tu sais, ai-je répondu d'une voix d'outre-tombe.

— Mais non, pour toi, Barny ! Pour que tu l'apportes à ta soirée avec tes amis. J'ai ajouté des amandes effilées et un peu de noix de coco, comme tu aimes. Vous allez tous m'en dire des nouvelles. Je viens de le sortir du four.

— Et c'est moi qui ai aidé maman pour le glaçage, a ajouté l'héritière de la pâtissière en rappliquant dans le couloir. C'est vrai qu'elles puent, tes chaussettes ! Hein, maman ? C'est vrai de vrai ? Et pour le glaçage aussi.

Cette odeur si délicate qui embaumait dans toute la maison mentait autant que le reste. Elle faisait croire que ma soirée pouvait être gourmande et savoureuse, quand ma vision me l'avait promise meurtrière.

— Je n'y vais pas… plus envie…, ai-je dit en attrapant une paire de mules.

Maman et Clémentine, les deux premières femmes de ma vie, ont eu l'air aussi surprises et déçues l'une que l'autre. Comme si mes affaires d'adolescent pouvaient les concerner, et qu'elles étaient sincèrement désolées que je leur annonce que non, ce ne serait pas ce soir que j'ajouterais de nouvelles filles à mon éventail.

J'ai émigré immédiatement vers ma chambre, sans juger bon de leur accorder une explication, que j'aurais été bien en peine de leur fournir.

J'ai fait semblant de ne pas entendre Clémentine clore l'affaire à sa façon :

— C'est parce qu'il sait qu'il ne trouvera jamais une amoureuse plus chouette que moi.

— Clémentine, tais-toi, tu parles de ton grand frère ! On n'est pas amoureux entre frère et sœur !

— Ah bon ? Mais je l'aime de l'aime, moi, Barny !

— J'espère bien, mais c'est ton grand frère. Tu te rends compte que vous avez huit ans d'écart tous les deux ?

— Ben comme papa et toi !

— Clémentine, arrête immédiatement.

Tout mentait, et moi aussi, en affirmant que je n'avais plus envie d'honorer cette invitation.

Et Mathilde ? Est-ce qu'elle mentait, en m'appelant ?

Son coup de fil est arrivé alors que je balançais tout mon barda du jour sur le lit de ma cellule, avant d'aller le rejoindre, désespéré.

Mathilde voulait s'assurer que j'avais terminé cet achat de Noël pour mon père, que j'allais bien, et surtout, elle tenait à me répéter à quel point elle comptait sur moi tout à l'heure.

J'ai répondu oui. Alors que le trente-deux tonnes venait de me passer dessus, et que c'était moi, pauvre tache, qui le conduisais…

— Ne tarde pas, j'ai si hâte, Barny ! a minaudé Mathilde en raccrochant, sans oublier de m'assurer qu'elle m'embrassait.

…

Le docteur Gachet avait concrétisé avec sa Caroline, c'était sûr.

Ma vision n'était pas bonne, floue, imprécise, tronquée.

J'ai décidé que c'était Mathilde qui avait raison. Je n'avais aucune crainte à avoir pour ce soir. Je n'étais pas un assassin en puissance, juste un garçon timide, mais de moins en moins, et amoureux, de plus en plus, qu'une fille avait envie de sentir dans ses bras, et pas plus tard que très vite.

Et puis, si elle courait le moindre danger, je ne pouvais pas être ailleurs qu'auprès d'elle pour la protéger.

J'ai pris une douche. Chaude et longue. Je me suis changé, de la tête aux pieds. Chaussettes comprises.

11

Charitable et en accord avec ma décision d'y aller, la neige nous avait accordé une pause pour me permettre de ne pas arriver transi chez Soledad. Dans ma doudoune écarlate, je devais avoir un côté petit chaperon rouge avec, en guise de petit pot de beurre et du reste, un imposant gâteau au chocolat, et une bouteille de mousseux au pourcentage d'alcool proche du rien du tout qu'il avait fallu négocier avec ma mère.

Soledad n'habitait pas au fond de la forêt, dans une bicoque isolée, mais à peine à un quart d'heure à pied, dans un pavillon à étage à la façade beigeasse, comme toutes les autres baraques du quartier. La maison était attenante au grand :

GARAGE MAHE
Carrosserie
Vente Neuf et Occasion toutes marques
Contrôle Technique

que possédait sa famille depuis deux générations. La fête se tenait dans un hangar situé au fond d'une cour vidée de ses voitures sur la droite de la concession. Pas besoin de fléchage pour le deviner. Derrière le grand portail donnant sur la rue, la musique ne laissait aucun doute sur le lieu exact des festivités.

Je n'ai pas croisé de Grand Méchant Loup sur le chemin, mais Tamimount et deux autres invités. Ils sont arrivés en même temps que moi avec leur plat à tarte et leur bouteille.

— Tu es venu, Barny ? a-t-elle fait en insistant pour me claquer deux bises glacées comme des marrons.

Elle sentait bon le sous-bois, et avait sans doute passé un temps non négligeable à se maquiller pour cette soirée chez sa camarade.

— Soledad m'a invité, et Mathilde aussi…, ai-je dit.

— Oui, bien sûr…, a-t-elle bredouillé. Je ne pensais pas que… Non, je suis contente de te voir… Oui, c'est Mathilde qui… Oui, c'est normal. Barny, je te présente Sonia et Ludo.

Ladite Sonia, que je ne connaissais pas, avait également fait de gros efforts question maquillage – à mon avis, un peu trop –, ainsi que pour soigner sa tenue – plus que le Ludo qui se tenait à côté d'elle. Mon jugement vestimentaire n'avait aucune valeur.

Je m'étais contenté d'enfiler, sous mes épaisseurs, un sweat propre et plutôt décontracté, alors que les prouesses des filles en imposaient vraiment. En leur souriant, j'ai su dans un flash rapide que ce soir, après une série de slows langoureux, la jolie Sonia sortirait avec le grand Vladimir, un garçon de ma classe qui lui aussi venait d'arriver. Elle le choisirait au grand désespoir de Ludo, qui l'accompagnait et comptait sur cette soirée pour enfin lui déclarer sa flamme. Je ne leur ai rien dit.

Après avoir laissé mes multiples couches de fringues, comme tout le monde, sur une longue table dressée sur des tréteaux à l'entrée du hangar, mon gâteau et ma bouteille sur une autre installée dans un renfoncement au fond, j'ai fait la bise à Soledad. Elle négociait fermement la *playlist* des morceaux avec Freddy, qui était chargé d'envoyer la musique diffusée par d'imposants baffles installés dans chaque coin de la salle.

Les invités entraient par petits groupes, accordant à l'hiver l'occasion de nous balancer chaque fois son haleine glacée. Les premiers arrivés avaient déjà commencé à se trémousser au centre de la grande pièce, par goût pour la danse ou pour ne pas mourir de froid.

Ça voulait se donner des airs de boîte de nuit, mais ce hangar, même nettoyé, demeurait austère, et s'apparentait davantage à l'image que je me faisais d'une grosse fête de campagne ou d'un samedi soir dans un camping.

Pourtant, je me sentais plutôt bien, à ma place, repéré, salué. Mais malgré la semaine étonnante que je venais de passer au milieu d'eux, et toutes les années depuis lesquelles je les fréquentais, je ne connaissais pas bien mes camarades. En slalomant sur le périmètre de ce qui ressemblait de plus en plus à un *dance-floor*, en les observant, je découvrais que Pascaline était en couple avec Eddy (un flash m'avait dévoilé que ce ne serait plus le cas dès le retour des vacances de Noël), qu'Emma, Enzo, Soline et Anna formaient un quatuor visiblement inséparable, que Pierrick et Valentin semblaient les meilleurs potes qui soient. Une nouvelle vision m'avait appris que leur complicité les menait jusqu'à piquer régulièrement au Leclerc de la zone commerciale, où un vigile les serrerait demain après-midi avec quatre boîtes de jeux vidéo planquées sous leurs blousons. Je découvrais aussi que Raphaëlle et Nicolas ne se quittaient pas des yeux, et là, nul besoin de vision prémonitoire pour sentir leur attirance.

Je n'avais même pas perçu tous ces signes évidents au collège. Parce que trop sur la touche, ou pas assez attentif. Et aussi parce qu'obnubilé par mon don qui me projetait ces fichues visions d'avenir, je n'avais pas fait assez attention au présent.

Me manquait un véritable ami sur lequel me reposer, auprès de qui faire halte pour engager une conversation, avant que nous ne décidions, ensemble, de nous élancer sur la piste, dans le style : « Allez, on s'en fout, on est là pour s'éclater ! » Des postures qui auraient été très utiles à un garçon comme moi qui dansait aussi gracieusement qu'une clé à molette…

J'ai commencé à chercher Mathilde parmi la trentaine d'invités déjà présents. Après tout, c'était la seule à laquelle je puisse m'accrocher pour me donner un peu de contenance. En me forçant à sourire chaque fois que mon regard croisait celui d'un des invités, j'ai eu un peu de mal à la repérer dans un angle du hangar. Elle riait avec Soledad et trois autres filles. Elle aussi avait fait des efforts. Son chemisier blanc en soie prenait des reflets irisés sous les quelques projecteurs de la salle, et sa jupe en cuir noir était suffisamment courte pour faire admirer à tout le monde le galbe parfait de ses longues jambes gainées de collants rayés. Mathilde était magnifique, et comptait visiblement sur la montée de la température pendant la soirée pour ne pas mourir de froid. Ou alors sur moi. Je l'ai d'abord admirée pour le plaisir, de loin, quelques instants, puis je me suis dirigé vers son groupe. Sur le trajet, je me suis quand même accordé un verre de vin blanc et une part de cake aux olives, histoire de savourer un peu plus longtemps.

— Content de te revoir, mec !

C'est du moins ce que j'ai compris dans le brouhaha ambiant, alors que je terminais ma dernière bouchée.

Les deux complices de Sammy étaient plantés derrière moi, le sourire en plus, les scooters en moins.

— Salut, ai-je fait en cherchant leur comparse dans les parages.

— Barny, c'est ça ? a demandé le plus petit des deux un brun au nez un peu trop gros et aux yeux sombres.

— T'as de la mémoire, ai-je commenté, non sans une petite pointe de fierté.

— Ah oui, tu peux dire que j'ai de la mémoire, mec.

— Sammy est venu aussi ? ai-je demandé, convivial et l'air toujours avenant.

— Non, Sammy n'est pas là…, a répondu son copain, qui me dépassait d'une demi-tête.

Il m'a dévisagé un instant de son regard clair, avant d'ajouter en forçant la voix pour bien se faire entendre :

— Il a eu un empêchement.

— On boit quelque chose, Barny ? a repris le petit brun, en m'attrapant le bras délicatement.

— Non, je viens déjà de me servir, les gars.

— Allez, fais pas ta chochotte, on va trinquer.

Collants et insistants, les deux potes de Sammy.

À mon avis, ils connaissaient aussi peu de monde que moi ici, et se donnaient eux aussi une contenance, en s'accrochant à qui ils pouvaient. On a les rochers qu'on mérite. Pour une fois que j'étais ce genre de refuge...

— Entendu, mais juste un petit verre.

Le grand m'a servi un nouveau verre de vin blanc, plein. Il me l'a tendu d'office, avant de servir son copain et lui.

— On trinque à quoi ? a-t-il demandé.

— À Noël prochain ? À cette soirée ? Aux filles qui dansent ? À nous ? ai-je proposé.

— À Noël ? Non, ça, ça me ferait mal. À tout le reste si tu veux, d'accord.

J'ai eu un peu de mal à vider mon verre, mais je l'ai fait plus vite qu'eux, afin de pouvoir me libérer et aller enfin rejoindre Mathilde.

— J'ai goûté le cake, il est pas mal du tout. Allez, les gars, je vous laisse. Bonne soirée !

J'allais m'éloigner, mais le grand m'a attrapé par l'épaule.

— Barny, si Sammy n'est pas là, c'est parce que les keufs ont fini par le serrer. Hier soir. Mais t'étais peut-être déjà au courant...

— Comment voudrais-tu que je sache un truc pareil ? Et il est où ?

— Les flics avaient des trucs à lui demander…

Le ton n'était plus le même.

— Je suppose que c'est un risque que Sammy connaissait. J'espère que ça ira pour lui, ai-je lancé, parce que je pensais que c'était ce qu'il voulait entendre.

Visiblement, ça ne lui suffisait pas.

— Y a juste un autre blème, mec.

Là, on n'était déjà plus du tout dans la convivialité. Sa main n'avait toujours pas quitté mon épaule, et ce n'était pas pour m'inviter à danser. Le plus petit était venu se coller à moi, sur le côté.

— Oui ?

— Dimanche soir, on est revenus chercher la marchandise que Sammy a balancée quand les flics ont fait leur descente devant ton bahut.

— Oui… et ?

— Et elle n'y était plus. Étant donné les traces fraîches dans la neige, quelqu'un s'était chargé de venir se servir gratos, juste avant nous. Tu penses, il n'y avait qu'à se baisser, fouiller un peu et ramasser.

— Et alors ?

— Alors, on voudrait que tu nous rendes ce qui n'est pas à toi, est intervenu le plus petit.

— Non, mais, ça va pas bien ? Je ne touche pas à ce genre de merde. Je suis rentré chez moi en même temps que tout le monde, je crois même avant le départ des flics. Et dimanche soir j'étais malade, au fond de mon pieu.

— Ça, c'est ce que tu nous chantes, Barny, a repris le plus grand. Mais t'étais le mieux placé pour savoir où avaient atterri les paquets.

— Écoute-moi bien, toi ! Non seulement je ne suis pas celui qui vous a chouré votre marchandise, et je ne sais pas qui a fait ça, mais je n'aime pas ta manière de me suspecter. Surtout quand je suis précisément celui qui a aidé Sammy, ton copain et toi, à ne pas vous faire serrer vendredi dernier. Et puis, je te l'ai dit, je ne touche pas à vos affaires.

— Et moi, écoute-moi bien, Barnabé Barbès, a-t-il fait en appuyant sur toutes les syllabes de mon prénom et de mon nom. Vaudrait mieux pour toi que ce que tu racontes soit vrai. Parce que si j'apprends que t'as quelque chose qui ne t'appartient pas à revendre à tes amis, ça se terminera très mal pour ta gueule…

Son visage était à vingt centimètres du mien, à un tout petit élan du coup de boule. J'ai senti à quel point cela le démangeait. Son complice m'empêchait de m'éloigner. Désagréable slow à trois, et sans bouger.

— Alors, tout va bien pour ma pomme puisque je n'ai rien fait de plus que de te rendre service, et à toi aussi. Et à Sammy.

J'ai détaché délicatement sa main de mon épaule, me suis décalé de l'autre. Sans leur tourner le dos, j'ai reculé en leur souriant.

— Alors, il n'y a aucun problème entre nous…, ai-je répété.

Fin de l'épisode. Je me suis éloigné, en colère, le crâne un peu plombé par le vin, plus aussi frais qu'à mon arrivée. Une de mes visions venait de m'apprendre que le plus petit des deux se retrouverait à l'hôpital dans une semaine après une chute de scooter, en tentant d'échapper à une patrouille de police sur le boulevard Verne, dans son quartier. À l'hosto puis devant le juge des mineurs, une fois sa hanche et son genou réparés. Je me suis bien gardé de le lui annoncer, il n'aurait pas compris. Je n'ai rien perçu pour l'autre.

Mathilde !

Je n'étais là que pour Mathilde. Certainement pas pour Sammy, ses potes ou qui que ce soit d'autre. Uniquement pour Mathilde.

En m'approchant, arborant sans doute une banane un peu niaise et trop forcée en guise de sourire, j'ai essayé de me souvenir si c'était cette tenue-là qu'elle portait dans mon flash abominable devant le bahut tout à l'heure. Malgré mes réels efforts de concentration, j'ai été incapable de me le rappeler. Ma vision avait été très brève, mais je crois bien que non, ce n'était pas cette jupe, pas ces collants ni ce chemisier. Au début, cela ne m'a pas complètement rassuré, et puis, et puis… et puis les bras de Mathilde, tendus ouverts dès qu'elle m'a vu, refermés sur ma taille à peine étais-je parvenu à sa hauteur, sa bouche immédiatement collée à mon cou, son front posé sur mon épaule ainsi que sa manière si naturelle de m'entraîner sur des musiques – dont j'ignorais les titres et les interprètes – ont tout gommé de mes doutes trop vagues, de mon mal de crâne et des accusations débiles des deux autres guignols.

Qu'importe qu'elle ne soit pas vraiment amoureuse de moi. Quand une fille pareille vous couve sous ses jolies ailes, un garçon comme moi profite, éclot et s'enivre. Et surtout, arrête de se poser des questions inutiles.

Mathilde savait danser et ne se privait pas. Elle aimait ça. Même les clés à molette apprennent, super vite et bien, à se trémousser. Il suffit que la professeure y croie et fasse ce qu'il faut. Au milieu des autres, je n'ai plus pensé qu'à elle et moi dans le vacarme de ce hangar, volontairement plongé dans une pénombre qui se voulait intime.

Elle tenait la distance, sans demander grâce, sans réclamer la moindre pause. Alors, pour ne pas la décevoir, moi aussi, j'ai continué, supposant que c'était ce qu'il fallait faire pour lui plaire un peu plus et qu'elle me garde, surtout qu'elle me garde encore et encore.

Je crois avoir conservé mon sourire toujours aussi niais, tant j'étais aux anges et comblé par cette place qu'elle m'accordait. Parce que malgré ma fatigue et mes deux verres de vin, je sentais peser sur nous les regards des autres. Admiratifs et envieux. Enfin, si je suis honnête, c'est surtout l'aisance, la joie de vivre et de danser de Mathilde qu'ils observaient. Car c'était évident, elle se donnait en spectacle. Même si je me concentrais sur ma façon de bouger, comment ne pas remarquer les coups d'œil appuyés qu'elle adressait autour d'elle à de nombreux moments ? Elle était en représentation, et moi j'étais son faire-valoir. Mais si c'était le prix à payer, il n'était pas exorbitant. Nulle part, à aucun moment, lorsque je la fixais, ne m'est revenue ma prémonition funeste de l'après-midi, et ceci n'a fait que me donner un peu plus d'élan et de confiance.

Le bonheur total !

Freddy mixait les titres avec une dextérité de pro : des rocks, de la techno, des slows, de la je-ne-sais-quoi aussi, et j'avais l'impression qu'il ne le faisait que pour nous deux, sans mi-temps. Je suis incapable de dire sur combien de morceaux nous nous sommes remués ainsi. C'est bien vrai, ce truc qu'on raconte, que quand on aime, on ne compte pas. Je n'ai pas compté, évalué ni même jugé la précision de mes pas avec elle. Face à face ou l'un contre l'autre, là encore, c'était elle qui donnait les postures et le rythme. Il suffisait de se mettre en accord – et j'étais en accord parfait avec elle. De l'imiter et d'avoir le courage d'improviser. Elle me donnait ce courage et cet aplomb.

Le temps n'a plus eu aucun poids, pas même celui de mon épuisement. Et pour ce qu'il en était d'attraper la crève, de mourir de froid et du petit chemisier léger en soie qui laissait deviner un soutien-gorge noir, c'est Mathilde qui avait vu juste. Sur toute la ligne. Il a fait chaud, très chaud pendant toute cette séquence durant laquelle elle ne m'a plus lâché. En tout cas, moi, j'ai eu chaud. Très chaud. Et je ne parle pas que de ses mains, qui, parfois, s'aventuraient sur mes épaules, mes hanches ou mes fesses, et des miennes, aussi exploratrices et cavalières.

Tels des papillons fascinés par la lumière, d'autres danseurs avaient fini par s'approcher et remuer avec nous. Même si elle ne me négligeait pas, Mathilde se tournait de temps à autre vers eux, leur accordant une ou deux passes de rock – mieux réussies qu'avec moi –, ou simplement un peu de son aura.

Tout ce temps, j'ai été heureux. Tout simplement heureux.

À aucun moment, moi qui, depuis des semaines, avant tout le monde, voyais tout… moi qui entendais les glas retentir avant même qu'ils ne sonnent, à aucun moment je n'ai senti ce qu'il se tramait.

Pauvre nul !

12

Nous avions fini par nous retrouver devant le bar. C'est elle qui avait proposé cette pause.

Soledad, Tamimount et quelques autres s'étaient accordé la même récréation.

— Je ne te connaissais pas ce talent de danseur, Barny, m'a complimenté mon amie en parlant fort pour couvrir la musique.

Elle avait l'air sincère.

Surtout, ne pas répondre « Moi non plus. »

— C'est toi qui m'inspires, ai-je répliqué, pas moins sincère.

— Tu nous serres un verre de sangria ? On l'a préparée hier soir. À la cannelle.

À la cannelle, au gingembre ou au chou de Bruxelles, je ne pouvais rien refuser tant j'avais soif.

C'est au moment où je jouais les serveurs que Régis s'est approché.

— Tu comptes tout prendre, mec ? Laisses-en aux autres ! a-t-il craché en attrapant assez brutalement la louche pour la retirer de ma main.

— Je ne remplis que deux verres, Régis, ai-je protesté mollement, comme s'il plaisantait en m'empêchant de me servir.

— Je ne parle pas de ça, petit con !

— C'est bon, Régis. Sers-toi et laisse-nous tranquilles, a protesté Mathilde.

Il l'a ignorée et a continué à jouer avec la louche.

— Alors, tu comptes me la prendre sans que je dise un mot, pauvre nabot ?

— Tu déconnes ? T'as vu tout ce qu'il reste de sangria ? ai-je demandé bêtement, sans ironie, et sans percuter ce qu'il était en train de sous-entendre.

Le coup de louche visait sans doute mon nez, et m'a atteint à la joue.

J'ai été plus surpris que je n'ai eu mal, mais j'ai basculé en arrière contre la table, envoyant valdinguer quelques gobelets en plastique, une bouteille à moitié pleine et des couverts.

Je me suis rattrapé à temps pour ne pas tomber. Ma main a atterri dans un plat déjà entamé, à côté duquel attendaient un long couteau de service et une pelle à tarte.

— Ça suffit, Régis ! Laisse-le !

Mathilde avait levé la voix, mais dans le vacarme, ça n'a pas pesé lourd. Seuls les quelques danseurs qui s'étaient accordé une pause nous ont entendus.

— Arrête, Régis, s'il te plaît ! a répété Mathilde.

Sans réfléchir, j'ai attrapé le couteau et l'ai brandi face à mon agresseur qui me toisait, haineux, toujours armé de sa louche. Nous étions tellement ridicules, l'un comme l'autre.

Ce coup-ci, le groupe de curieux devant la table s'est vraiment intéressé à la situation. Un peu de baston ne pouvait que compléter l'ambiance de la fête.

Là-bas, les baffles continuaient à cracher les musiques choisies par Freddy. J'ai regardé ma main et le couteau trop long, trop grand. Ce genre de geste, de menace armée, ne me ressemblait absolument pas. Seulement, il y avait Mathilde. Faut-il absolument que les garçons deviennent des coqs de combat en présence d'une fille ?

— Arrêtez tous les deux ! s'est-elle de nouveau époumonée.

— Tu veux qu'on règle ça dehors, morpion ? a-t-il demandé avec une pointe d'envie.

— Mais de quoi tu parles, bon sang ? C'est quoi ton problème ?

— Tu n'as pas compris que c'est moi, son problème ? a protesté Mathilde en posant sa main sur le couteau pour m'obliger à baisser le bras. Il croit que je suis toujours avec lui. Que je lui appartiens.

Elle souriait.

J'ai d'abord imaginé que c'était à moi qu'elle souriait, pour me réconforter, me calmer. Mais inutile d'avoir un don de quoi que ce soit pour sentir que, dans ce sourire et dans cette explication se cachait à peine un véritable petit plaisir à voir ainsi débarquer un ancien prétendant jaloux et revanchard. Cette fille aimait sa collection plus que les garçons auxquels elle accordait une danse ou plusieurs, un baiser ou toute une ribambelle d'étreintes.

— Mon problème, c'est lui ! a craché Régis, toujours armé de sa louche menaçante. C'est par ce nabot que tu m'as remplacé ? Tu te fous de ma gueule, Mathilde !

Deux ou trois de ses copains s'étaient approchés, en renfort. Auprès d'eux se tenaient les deux comparses de Sammy, qui observaient la scène d'un air amusé, comme si se déroulait là, enfin, la seule attraction intéressante de la soirée.

J'ai vu aussi Soledad et Tamimount. J'ai regardé Mathilde, la main toujours posée sur la mienne. Elle attendait que je lâche le couteau. Pas de problème, je ne comptais pas l'utiliser. Mais Mathilde attendait surtout la suite du règlement de compte entre Régis et moi. J'ai détesté ça.

Le flash a été immédiat. Sa mort annoncée.

Comme une photo qui passe vite devant les yeux, une fraction de seconde, mais qui reste gravée malgré tout. Un truc fou, déjà vu en fin d'après-midi à l'arrêt de bus, et que j'avais volontairement chassé de mon esprit.

Brusquement, trop brusquement, je me suis retourné pour reposer le couteau derrière moi, sur la table où je l'avais pris, terrorisé. C'est dans ce mouvement trop soudain que j'ai légèrement entaillé la paume de Mathilde.

— Putain, Barny ! a-t-elle juré, surprise. Bon sang, fais gaffe !

Ça a saigné sur sa paume, pas grand-chose, à peine une égratignure d'un ou deux centimètres, pas plus, sans profondeur. Mais ça a saigné.

— Désolé. Je suis vraiment désolé.

J'ai paniqué.

Mathilde tentait de me rassurer tout en tamponnant sa main avec une serviette en papier. Elle répétait : « C'est rien, t'inquiète pas », et aussi « T'occupe pas de cet imbécile, Barny. » Ça ne sonnait plus très juste, tant elle observait Régis en coin. Plus sincères, Soledad et Tamimount invectivaient Régis pour qu'il « arrête ses conneries ». Il fallait que je m'enfuie immédiatement de cet endroit.

— Tire-toi, Barnabé ! T'es pas au niveau ! a ordonné Régis, en s'approchant.

Il suffisait de partir, puisque c'était ce qu'il proposait.

— Elle est à toi, c'est ça ? ai-je soufflé, en haussant les épaules et en commençant à le contourner.

— C'est exactement ça !

— Ah ouais, tu l'as payée avec l'argent de poche que te filent ton papa et ta maman ?

Ma réflexion était nulle, mais c'est la seule qui me soit venue. Je crois que le pire, c'est que les quelques spectateurs autour de nous ont ri de ma réplique. Mauvais plan d'avoir les ricaneurs dans son camp, quand on est face à un garçon jaloux, plus grand, plus fort, et armé de surcroît.

J'ai vu la louche se lever au-dessus de ma tête, et n'ai eu que le temps de me protéger le visage et le front. Elle se serait abattue sur moi avec une violence inouïe si le copain de Sammy, efficace et puissant, n'avait bloqué la main de Régis.

— Attends, mec ! a fait le grand brun.

— De quoi je me mêle, Kenny ? s'est énervé mon rival.

— Juste avant que tu lui règles son compte… a-t-il tempéré calmement.

— Toi aussi, laisse-moi. Je me casse d'ici !

Je le pensais. Je n'avais plus rien à faire dans cette fête. C'était une erreur d'être venu.

Kenny s'était planté devant moi, et ce n'est qu'à cet instant que j'ai aperçu la lame qu'il tenait dans sa main et gardait le long de sa jambe.

— Pour l'instant, tu ne vas nulle part, Barnabé Barbès. De toute façon, tu dois récupérer ta veste. Faudrait pas que tu prennes froid.

— Justement, la voilà. C'est bien à toi ? a demandé son copain, le plus petit, en brandissant ma parka rouge.

— Oui, c'est à moi ! Donne-moi ça !

Au lieu de me tendre mon vêtement, il a sorti de l'une des poches un petit paquet recouvert d'aluminium.

— Et tu vas me dire que ça aussi, c'est à toi ? Je ne crois pas…

J'ai immédiatement reconnu l'un des sachets de drogue que Sammy avait jetés derrière moi vendredi dernier, avant l'arrivée de la police. Cette saloperie n'avait rien à faire dans une des poches de mon manteau, je ne l'y avais jamais mise. Je me suis senti totalement perdu.

— Tu fais semblant de défendre notre pote Sammy pour mieux lui taxer sa marchandise quand il a le dos tourné ! C'est assez spécial. T'as failli réussir ton coup, Barbès !

Ce n'était même pas une supposition. Déjà un verdict.

— Ce truc n'est pas à moi ! Je n'ai jamais... C'est toi qui l'as mis dans mes...

— Mounir, c'est toi qui as placé ça dans la poche de Barny ? a demandé Kenny à son copain.

— Réfléchis un peu, pourquoi j'aurais fait ça ? Mais je t'avoue que comme j'avais de gros doutes, j'ai fouillé dans ses poches. J'accuse pas sans preuve, moi, a répondu le petit brun. C'est que ça vaut du fric ! Et de toute façon, c'est pas à lui, il l'a pas payée !

— Tu peux te la bouffer ta came, Mounir ! Et toi aussi, Kenny ! Moi, je me tire !

Plus paumé que moi, à part mon père sur sa plateforme, il n'y avait pas. Nulle part.

— T'as fait ça ? T'es vraiment nul, Barnabé ? Je ne peux pas le croire ! a craché Mathilde en poussant dans l'hystérie.

Si, elle y croyait ! Et même un peu trop rapidement et un peu trop fort à mon goût.

Mathilde a vite choisi son camp. Elle s'est précipitée dans ce mensonge et en a rajouté un maximum sur le ton du dégoût. Si la tension n'avait pas été aussi pesante, j'aurais presque pu en rire.

— Je t'assure que non, Mathilde. Je te jure que je n'ai jamais…, ai-je protesté en tendant le bras vers elle.

— Lâche-moi, pauvre nul !

J'avais simplement levé la main pour attraper la sienne, mais elle a reculé, comme si j'étais dorénavant et irrémédiablement contagieux. Il y a un quart d'heure, elle m'aimait ; voilà qu'à l'instant, je devenais le dernier des pestiférés. Régis en a immédiatement profité pour remonter à son box-office, en la récupérant contre lui, mais au passage, comme un coup de grâce, il m'a balancé un violent coup de louche.

L'impact m'a ouvert le lobe de l'oreille avant d'atteindre mon épaule. La douleur m'a vrillé la clavicule et le bras. Avant de sentir le sang couler sur ma joue, j'ai réussi à les pousser de toutes mes forces contre Kenny et son copain pour pouvoir passer. Coûte que coûte, il fallait que je me tire de là ! J'ai arraché ma parka des mains de Mounir, et c'est à ce moment là que j'ai entendu le cri. Je me suis retourné, juste un instant. Je suis resté tétanisé… dix secondes. Pas plus, juste dix secondes, en voyant le sang. Beaucoup de sang.

Sur le joli chemisier de Mathilde, cette tache écarlate ressemblait un peu à l'Angleterre. Je sais, c'est idiot. Peut-être ai-je pensé cela à cause de papa, là-bas, en Écosse. Chacun son enfer. La lame de Kenny avait ouvert un étrange puits qui pissait à droite de son abdomen.

Mathilde m'a regardé. Du moins, elle a regardé dans ma direction, car j'ai vu ses jolies pupilles basculer vers un ailleurs dans lequel je n'existais plus, ni moi ni personne.

Ça a commencé à crier, à pleurer, alors que la musique de Freddy continuait à occuper l'espace, comme une grosse erreur de mise en scène. Quand Régis a découvert le sang sur Mathilde, sur mon visage, tout aussi paniqué, il l'a instinctivement lâchée et elle s'est affalée sur le sol. On aurait dit un lys qui se fane en accéléré. Non, plutôt un coquelicot. Le chemisier faisait buvard, et pour ce qu'il en était de sa géographie écarlate, c'était déjà l'océan Atlantique.

C'était cela que j'avais vu dans mon flash !

Tout le côté droit de mon visage en sang, et Mathilde baignant dans le sien. Ma vision ne m'avait pas totalement trompé, mais Mathilde respirait. À peine, mais elle respirait encore. Je me suis précipité sur elle, et j'ai exécuté le seul geste que j'avais appris et retenu d'une des centaines de vidéos que je regardais en boucle pendant le grand confinement : appliquer les points de compression pour freiner l'hémorragie. C'étaient aussi mes mains écarlates qui m'avaient terrorisé dans ma vision prémonitoire. Seulement, moi qui avais cru que c'était pour la tuer, je découvrais que je tentais de la sauver. Piètre satisfaction.

— Meurs pas, Mathilde. Meurs pas ! ai-je soufflé en appuyant sur son abdomen comme je pouvais, et comme je pensais devoir le faire.

Une fois, papa nous avait raconté un incendie sur un puits de pétrole au Koweït. Il avait dit l'horreur de cet enfer, et la peur face à ces jets de flammes que rien ne semblait pouvoir endiguer. J'ai pensé à cela en sentant l'inondation qui continuait malgré tout sous mes doigts maladroits.

Il fallait que les secours se pointent vite, très vite !

Je n'ai même pas eu à demander si quelqu'un les avait appelés.

Dans les trois minutes qui ont suivi – je dis bien dans les trois minutes –, les pompiers sont arrivés en même temps que la police. Ça ne collait pas. Je sentais bien que quelque chose ne collait pas. Si un témoin de la scène les avait appelés pour secourir Mathilde, cela signifiait qu'il l'avait fait avant qu'elle ne reçoive le coup de couteau de Kenny. Mais j'étais bien trop épuisé, trop paniqué et trop content de les voir investir le hangar de la fête pour tenter d'éclaircir un mystère pareil.

Les pompiers m'ont immédiatement remplacé au chevet de Mathilde, équipés, efficaces et organisés. Les flics les ont rejoints une dizaine de minutes plus tard.

Enfin, je crois.

Ce sont eux qui m'ont envoyé rejoindre mes camarades le long d'un mur où ils les avaient confinés d'autorité. La musique avait été stoppée – j'ignore à quel moment –, et j'ai remarqué que les deux potes de Sammy avaient disparu.

Restaient juste la louche à sangria, au manche désormais tordu, et souillée de mon sang, et puis le couteau à la lame de porcelaine de Kenny, couvert de celui de Mathilde, piètre harmonie entre cette fille et moi. On aurait dit des déchets sur le béton du sol. Une policière gantée a tracé un cercle jaune autour de l'un et de l'autre, avant de prendre des photos puis de glisser ces pièces à conviction dans des pochettes en plastique. Je l'ai regardée faire, et j'ai vu qu'elle était enceinte de jumeaux. Elle le savait, mais ignorait pour l'instant que ce seraient un garçon et une fille. *Un nouveau flash inutile*, ai-je pensé, aussi perdu qu'épuisé.

Pour le couteau, j'ai senti, sans trop savoir pourquoi, que j'avais bien fait de ne pas le ramasser.

13

— Barny…

Cela avait été au tour de Tamimount.

Elle est revenue s'asseoir par terre, à côté de moi, sur le béton glacé, le long du mur. On aurait dit un peloton d'exécution.

J'avais été interrogé avant elle, pour raconter comment les choses s'étaient passées. Le comment de ma blessure, qui m'avait valu ce gros pansement sur l'oreille droite dont les secouristes s'étaient chargés, la bousculade et le coup de couteau de Kenny, qui avait déguerpi avec Mounir en oubliant l'arme, mais pas le sachet de drogue. J'avais essayé d'être précis, pas seulement pour me disculper, mais histoire de pouvoir me regarder en face dans l'avenir. Pas pour m'admirer, mais pour ne pas vomir chaque fois que je repenserais à ces quelques minutes d'horreur.

Les flics avaient tout noté.

Là-bas, à l'autre bout du hangar, c'était au tour de Soledad de répondre à leurs questions.

Ils avaient jugé bon de ne garder que les témoins proches de la bousculade, et de renvoyer les autres chez eux après avoir noté toutes les identités, fait passer un Alcotest à chacun, et appelé les parents pour qu'ils viennent chercher leurs mômes. Cela avait pris du temps, et il était déjà minuit et demi.

— Barny…, a répété Tamimount, sans doute parce que je n'avais pas réagi.

— Oui… ? ai-je fait, la tête enfoncée dans mes genoux.

— C'est Anthony Beaulieu.

— De quoi tu parles, Tam ?

— Le sachet glissé dans ton manteau, c'est Anthony Beaulieu qui l'a mis. Pendant que tu dansais avec Mathilde. Après, c'est lui qui est allé te dénoncer à Kenny et à son pote, Mounir. Je l'ai dit aux flics.

— Qu'est-ce que tu racontes, Tam ? Il n'était pas invité ce soir, Beaulieu. Tu penses, après avoir volé le portable de Soledad, ça ne risquait pas… En tout cas, moi, je ne l'ai pas vu.

— Ça ne l'a pas empêché de se pointer en douce. Il a appris que c'était toi qui l'avais balancé au sujet du vol de portable, il a voulu te faire plonger.

— Tu l'as vu faire ça ?

Je m'étais redressé et la regardais, éberlué par ce qu'elle me racontait. Elle continuait à fixer le mur sale d'en face. Comme si elle lisait son texte dans les fissures entre les parpaings.

— Tam, tu l'as vu le faire ? ai-je répété.

— Non ! Enfin… oui et non, a-t-elle fini par murmurer au bout d'un long silence.

— Tu dis n'importe quoi, Tam.

— T'inquiète pas pour toi, Barny, ça va aller. Tu n'as pas touché au couteau, les seules empreintes qu'il y a dessus sont celles de Kenny, qui est déjà dans les fichiers des flics, et pas qu'un peu depuis que Sammy est en garde à vue. Ils vont le choper chez lui demain matin. Tu seras convoqué encore une fois au commissariat, mais ça ira pour toi. T'as rien fait.

— Tamimount, qu'est-ce que tu racontes ?

J'ai posé ma main sur la sienne pour la forcer à me regarder.

— Et chez Anthony, les flics retrouveront les trois autres paquets de Sammy. Il les a récupérés le vendredi soir, après le contrôle de police devant le collège. Même s'il en a sacrifié un pour te faire casser la figure par Kenny et Mounir, il voulait malgré tout en garder pour lui et ses potes. Il n'y a pas de petits profits.

J'ai tressailli. J'ignorais qu'il y avait quatre sachets dans la boule de neige de Sammy.

— Bon sang, comment sais-tu tout ça ?

— Je le sais, c'est tout ! Tu ne peux pas comprendre, Barny ! Personne ne peut comprendre. Même moi, je ne peux pas.

— Déconne pas et explique-moi ! Comment tu peux être au courant de tout ça ?

J'avais parlé trop fort. Là-bas, Soledad et ses interlocuteurs ont interrompu leur échange pour se retourner vers nous, surpris.

— Tu vas me prendre pour une folle…

— Tam, je t'écoute.

— Tu jures de ne pas te moquer ?

— Je jure de jure. Je t'écoute !

— Depuis une semaine, quand je vois des gens, quand je les regarde, ça ne le fait pas avec tout le monde… Je les regarde, juste un instant, même des gens que je ne connais pas, même des personnes à qui je ne parle pas… et je sais avec précision ce qu'il va se passer dans leur avenir plus ou moins proche… Un jour, une semaine, parfois plus… Ça ne fonctionne pas toujours pareil, et ce n'est pas moi qui décide…

— Tam…

— Je sais, tu dois croire que j'ai trop bu, mais tu te trompes… Je ne bois pas d'alcool. Jamais. Et je n'ai rien fumé non plus… Ce truc, c'est comme des visions, des éclats, des sortes de fulgurances. Je t'en prie, te fous pas de moi, Barnabé ! T'as promis.

Ma bouche devait dessiner le plus gigantesque des O majuscules qui soit, mais j'ai été incapable de prononcer un mot.

Elle a pris ça pour un encouragement.

— Je sais que Mathilde va parfaitement s'en sortir, grâce à toi. À toi et aux toubibs, bien sûr. Mais je sais aussi qu'elle ne se remettra ni avec toi ni avec Régis. C'est un papillon, cette fille. Un peu de lumière, et elle a besoin d'aller se coller à l'ampoule. Tu ne brilles pas assez pour elle.

Mes yeux avaient dû prendre la même rondeur que ma bouche. Pendant un instant, je n'ai pas pu prononcer un mot. Et puis, tout de même, parce que mieux que personne, j'évaluais la confiance qu'elle venait de m'accorder en me délivrant son secret, j'ai demandé.

— C'est toi ?

— Moi, quoi ?

— C'est toi qui as appelé les secours avant que Kenny ne plante Mathilde ?

— …

— Je suis sûr que c'est toi !

— J'ai paniqué, et j'avais eu les images de la scène avec Régis et sa louche, cet après-midi, en croisant Mathilde. Une de mes satanées visions. Ça pouvait être n'importe quoi, ce nouveau flash, je ne savais pas bien, mais quand je l'ai vu attraper la louche, j'ai paniqué. Je ne suis pas folle, Barnabé, je t'assure. Mais hélas, personne ne peut comprendre. J'ai comme une sorte de don. Il m'est tombé dessus comme ça. Parfois, je le kiffe, parfois, je ne sais pas trop quoi en faire. Tu n'imagines pas comme ça m'énerve.

— Tam…

— Bien sûr, tu ne peux pas piger ce que je raconte. Je ne t'en veux pas, tu sais…

— Je… je comprends, Tam.

— C'est gentil de dire ça, mais je ne crois pas que tu puisses saisir quoi que ce soit de tout ça. Seulement, il fallait que je le dise. Ça m'allège un peu. Juste un peu.

Soledad est revenue vers nous, accompagnée de la policière.

— Nous attendons vos parents. Ils sont prévenus et vont venir vous récupérer. Barnabé Barbès, nous aurons d'autres questions à te poser au commissariat, nous te confronterons aussi avec le propriétaire du couteau. Pour l'instant, tu peux rentrer chez toi.

— Vous avez des nouvelles de Mathilde ?

— Pas pour le moment, mais je peux te dire que si elle s'en sort, ce sera aussi grâce à toi, mon garçon. Bien, pour l'instant, vous ne bougez pas, a fait la jeune femme sans sourire, avant de s'éloigner.

— Tu vois, par exemple, là, cette fliquette..., a murmuré Tamimount.

— Oui ?

— Elle est enceinte. Je viens de le découvrir. Une de mes visions. Cette femme a passé son échographie, elle sait qu'elle attend des jumeaux, mais ce qu'elle ignore, c'est que ce seront un garçon et une fille.

— Tamimount...

— Je le sais, c'est tout ! Je peux te parier ce que tu veux. Je l'ai vu quand elle m'a interrogée.

Le O majuscule était toujours scotché sur mes lèvres.

— Alors, tu paries ?

— Je te crois, Tamimount, je te crois. Tu n'imagines pas à quel point, je te crois. Un de ces quatre, il faudra que je te raconte des trucs. Sur moi. Un jour prochain...

— Si tu veux... Avec plaisir.

— J'aime beaucoup ton parfum, tu sais. On dirait un sous-bois en automne, un dimanche après-midi, après une chouette balade. J'aime vraiment.

— C'est super gentil, Barnabé. Personne ne l'avait remarqué. Dis donc, toi aussi tu sens des choses que les autres ne remarquent pas.

Elle l'a murmuré cela en souriant. Autant comme un compliment que comme une plaisanterie.

— Oui, il va falloir que je t'explique pas mal de choses moi aussi, Tam.

Épilogue

— Barny, c'est toi le plus jeune, c'est toi qui t'y colles.

— Arrêtez vos conneries, j'ai juste une semaine de moins que Nath ! ai-je protesté mollement.

— Une semaine, c'est une semaine, a répliqué Nathan, immédiatement soutenu par Tamimount, Mériem et Idir, avec lesquels nous étions installés à la table du self.

— Couper en cinq, c'est moins facile qu'en six, a fait remarquer Idir, qui avait été désigné pour partager la frangipane.

— Oui, mais ça en fait plus. J'adore les amandes, a répliqué Tam.

Je n'ai pas écouté la suite. De bonne grâce, je me suis plongé sous la table. J'entendais Mériem ordonner à Idir de couper droit, Nathan lui faire remarquer que ses parts de galettes n'étaient pas vraiment égales, et Tamimount m'ordonner de ne pas tricher.

— Pour qui ? a-t-elle demandé.

J'ai désigné mes quatre camarades à tour de rôle en me choisissant en dernier. J'ai pensé qu'à la maison, nous profitions toujours que Clémentine soit sous la table pour dépecer les parts afin de nous assurer qu'elle aurait la fève et d'éviter un drame terrible.

Aucune scène de colère de mes camarades quand Tam a tiré de sa bouchée un petit bout de plastique qui ressemblait vaguement à une marguerite. Ni lorsqu'elle m'a choisi comme roi.

— Tu dois garder la couronne tout l'après-midi, Barny, a déclaré ma reine en m'en coiffant d'office.

Nous sommes sortis du self parmi les derniers ; je suis resté en retrait avec Tamimount, alors que les autres filaient vers le foyer ou le CDI.

— Tu as eu une vision ? m'a-t-elle demandé.

— Non, pourquoi tu dis ça ?

— Pour la fève, avoue, tu as eu une nouvelle vision et tu me l'as donnée !

— Je t'assure que non, Tam.

Depuis la soirée de Soledad, nous passions beaucoup de temps ensemble.

— Je n'ai pas eu de prémonition depuis trois semaines. Rien. Je crois… non, je sens que c'est fini. Vraiment terminé. C'était arrivé d'un coup, et c'est reparti aussi vite.

Comme une sorte d'alignement des planètes, un passage de comète ou je ne sais quoi, et puis voilà, fin du machin !

— Il n'y a pas eu de passage de comète dans le coin, j'ai vérifié sur le Net. C'est même l'une des premières choses que j'avais regardées.

Elle a levé vers moi ses grands yeux sombres et, en souriant, a murmuré :

— Moi non plus, je n'ai plus rien. Ça s'est évaporé. Je ne peux pas dire que ça me manque vraiment, mais…

— Tu t'y habituais, c'est ça ?

— Non, ce n'est pas ce que je veux dire, mais j'aurais eu envie d'en profiter encore un peu.

— Mauvaise idée, Tam. Vouloir en profiter a failli me coûter très cher.

— Je sais, Barny ! Mais tu vois, je n'ai même pas pensé à essayer d'avoir une vision en regardant une grille de loto, histoire de jouer les bons numéros ou de les faire jouer à mes parents.

— Ça ne fonctionne pas !

— T'as essayé ?

— À ton avis ?

— Alors, pour le gros lot, le jackpot, c'est mort ?

— Non !

— Comment ça ?

— J'ai remporté le super gros lot, Tam.

— Je ne comprends pas. Ça a fonctionné ou pas ? T'as touché combien ?

— Je t'ai trouvée toi ! ai-je dit en lui décochant le plus joli sourire et le plus sincère dont j'étais capable.

— C'est tellement gentil ce que tu dis, a-t-elle répondu avant de faire une drôle de grimace.

— Quoi ? ai-je demandé, surpris. Qu'est-ce que j'ai dit ?

— Mais tu ne m'as pas vraiment touchée.

Et immédiatement après avoir prononcé ces mots, elle a attrapé mon cou délicatement pour ne pas faire tomber ma couronne et pour m'obliger à me baisser jusqu'à ses lèvres. Elle y a déposé un baiser plus long qu'une simple bise amicale. Beaucoup plus long.

Royal, le baiser !

Notre premier baiser.

Il y en aurait d'autres… Des brassées d'autres…

Retrouve aussi
chez ScriNeo

LUC BLANVILLAIN

Le monde selon Walden

8 millions de followers

Je m'appelle Walden et je suis DIFFÉRENT.

Je sais, nous le sommes tous. Mais moi, j'ai une façon très originale de l'être.

Première preuve de ma différence : j'aime la vie. À la folie. Tout le temps. Deuxième preuve, je m'intéresse à des animaux bizarres, les axolotls. Mes goûts vestimentaires sont des plus atypiques, je n'hésite jamais à combiner un charmant kilt écossais avec une chapka de Mongolie. Lorsqu'on s'attaque à moi au collège, j'ai trouvé la meilleure des solutions pour éviter les coups : j'entonne un ravissant air d'Opéra.

En somme, je suis différent, et très heureux de l'être ! Enfin je l'étais… jusqu'à ce que Mike, la superstar des réseaux sociaux, débarque dans ma vie et décide de faire de moi la nouvelle idole des jeunes !

Et alors, là, tout a changé !

LUC BLANVILLAIN

Wifi Génie

UNE AVENTURE DE F@BIEN DOT.COM

En vacances chez sa grand-mère à Morlaix, Fabien, un ado tranquille et fan de l'informatique, hérite d'un ordinateur hors d'usage, mais pas banal… Quand Fabien le répare, il n'en sort rien de moins qu'un génie !

Et pas n'importe lequel… un génie high-tech, capable de créer en quelques clics tout ce que Fabien désire dans la réalité ! Dès lors, les possibilités s'avèrent sans limites.

Mais Fabien n'est pas au bout de ses surprises… Il comprendra bien vite, en compagnie de Daphné, qu'on ne surfe pas dans la vie comme sur Internet, et qu'amener le virtuel dans la réalité peut s'avérer bien plus dangereux qu'il ne l'imagine…

LE MANOIR AUX MYSTÈRES

LUC BLANVILLAIN

Maxence et Victor sont meilleurs amis depuis toujours.

En septembre, ils entreront au lycée. Mais avant, ils souhaitent marquer le coup et profiter de cet été à fond.

Une dernière fois, Victor arrive à convaincre son « vieux pote » de s'introduire dans un ancien manoir, le seul lieu qu'ils n'ont pas encore visité dans le village où ils ont grandi…

Maxence se demande dans quelle histoire il s'est encore laissé entraîner !

Mais une aventure plus grande les attend et leur été va être bouleversé… Ont-ils bien fait de pousser la porte du manoir aux mystères ?

Entre secrets de famille, amitié et premier amour, les deux garçons ne sont pas au bout de leurs surprises !

LÉO & LILI
EXPERTS DE L'INVISIBLE
OPÉRATION NOËL

CHRISTINE SABA

ORDRE DE MISSION « OPÉRATION NOËL ! » :

- **Experts :** Léo et Lili, les Infaillibles
- **Client :** Raphaël Noël, alias le Père Noël
- **Mission :** sauver Noël
- **Ennemi :** Zadig le Terrible, un dangereux sorcier
- **Lieu de la mission :** autour de la Terre
- **Savoir-faire non négociable :** voler à dos de rennes et lancer des stalactites dentées
- **Dernier délai :** avant que le premier enfant ne se réveille !

L'éveil des sorcières

Cordélia

Vous ne devinerez jamais ce qui m'est arrivé ! Après avoir causé un tremblement de terre à l'école, j'ai découvert que j'étais une sorcière ! Moi, Nora ! J'ai donc commencé mon apprentissage avec deux autres élèves, Maelys et Rajan, et Mme Wàn, ma prof de musique. Et oui, elle aussi c'est une sorcière, je ne m'en serais jamais doutée !

Suis les premiers pas de Nora en sorcellerie, aux côtés de Maelys et Rajan, dans une trilogie bourrée de tendresse, de solidarité et d'humour !

Imprimé en France par Aubin Imprimeur

Cet ouvrage a été imprimé sur un papier issu de forêts gérées durablement, de sources contrôlées.

Loi n° 49-956 du 16 juillet 1949 sur les publications destinées à la jeunesse, modifiée par la loi n° 2011-525 du 17 mai 2011.

IMPRIM'VERT
Votre imprimeur agit pour l'environnement

PEFC
10-31-1601
Certifié PEFC
pefc-france.org